Bons baisers de Saint-Malo

CICÉRON ANGLEDROIT

Bons baisers de Saint-Malo

ÉDITIONS DU PALÉMON
ZI de Kernevez - 11 B rue Röntgen - 29 000 Quimper

CE LIVRE EST UN ROMAN.

Toute ressemblance avec des personnes, des noms propres, des lieux privés, des noms de firmes, des situations existant ou ayant existé, ne saurait être que le fait du hasard.

DU MÊME AUTEUR

1. Sois zen et tue-le
2. Nés sous X
3. Fallait pas écraser la vieille
4. Riches un jour, morts toujours
5. Qui père gagne
6. Hé cool, la Seine !
7. Tout est bon dans l'boulon
8. Y a toujours un môme qui braille quelque part
9. Tiens bon l'pinceau, y a des coulures !
10. Tel est pris qui croyait pendre
11. Comme un cheveu sur le wok
12. Descente à Ménilmontant
13. Mourez, on s'occupe de tout !
14. L'incendiaire joue avec le feu
15. Le moine au tablier rouge
16. Six planches et une poignée de clous
17. Bons baisers de Saint-Malo

Retrouvez ces ouvrages sur www.palemon.fr

Communiquons : cicangledroit@aol.com

Échangeons sur Facebook : Cicéron Angledroit

Suivez l'actualité : www.ciceron-angledroit.fr

Remerciements à Hugo Buan, mon talentueux confrère, qui m'a fait découvrir sa belle ville de Saint-Malo, et à Higgins pour sa patience. Le fait que mon commissaire soit l'homonyme d'Hugo n'est que pure coïncidence fortuite. La meilleure preuve, s'il en était besoin, est que son chien à lui s'appelle Clark et n'est pas de la même marque.

PRÉAMBULE

Pour celles et ceux qui entrent directement, par ce bouquin, dans l'univers de Cicéron et qui, de ce fait, n'ont pas eu le bonheur de lire les précédents ouvrages, voici une courte, mais opportune, présentation des personnages principaux :

Les Z'Hommes :

Cicéron Angledroit : Détective, la quarantaine indéfinie mais bien tassée, si vous voyez ce que je veux dire, pas très grand, mal peigné, assez *loser* et très opportuniste. Il est le père d'Elvira, une gamine préado délurée (Elvira Angledroit... autre calembour) qui vit à Paris chez sa grand-mère paternelle. Il fait ce qu'il peut pour vivre, c'est surtout un observateur. Il passe le plus clair de ses nuits, si on peut dire, chez Vanessa à Choisy. Son ancien deux-pièces de Vitry est devenu, désormais, son agence de détectives. Il a aussi un fils, Enzo, mais c'est une autre histoire (voir un peu après).

René : Caddie-man à l'Interpascher de Vitry… ouvrier et traîne-savate… un homme bourru, rustre mais attachant (un peu le Béru de San-Antonio en moins exotique). Ex-alcoolique pas anonyme, il fréquente, chaque matin, le même bistro (dans la galerie de l'Interpascher) que Cicéron… Ils se sont rencontrés à l'occasion d'un attentat qui a touché le troisième larron important de l'histoire (Momo). René, sous ses airs de boulet, est un homme bien et plein de bon sens qui se remet miraculeusement d'un AVC qui l'a transformé. Il s'est récemment mis en ménage avec Paulette, une ravissante quinquagénaire dont personne ne voulait.

André dit Momo : Un taciturne à l'allure de SDF, intellectuel « rentré », pas expansif ni vantard. Il vendait des *Belvédère* (journal d'insertion) à la sortie d'Interpascher… Il déployait une telle psychologie que cette activité était très lucrative pour lui. C'est le penseur de la bande. Il connaissait déjà René. Mais un attentat (lire *Sois zen et tue-le*) dans la galerie marchande l'a privé de son bras droit et lui a permis de sympathiser avec Cicéron. Son handicap et les soucis administratifs lui ont fait renoncer à son activité. Désormais, après avoir émargé à la Cotorep et à l'AAH (allocation aux adultes handicapés), la vie se montrant souvent facétieuse, il est devenu le bras droit officiel de Cicéron. Il a une chambre au mois à l'Hôtel de la Gare de Vitry.

Le commissaire Théophile Saint Antoine : Un flic à l'ancienne, près de la retraite, bien forgé par une longue expérience du terrain, désabusé mais très droit. Est devenu pote avec Cicéron, auquel il confie quelques affaires en marge quand il n'a pas, lui-même, les coudées franches. Pote, mais avec, quand même, la barrière des convenances et du respect qu'ont ancré, en lui, son éducation et une longue carrière poussiéreuse de fonctionnaire de terrain.

Les Nanas :

Vaness' : Fliquette, adjointe du commissaire, qui accorde aussi ses faveurs à Cicéron. Mais c'est du donnant-donnant. À la moderne. Sexuellement, elle le bouscule un peu par sa jeunesse et il a, parfois, du mal à s'accrocher aux branches. Au fil des livres, Cicé et elle sont devenus concubins. Elle attend le troisième enfant de notre détective.

Monique : Veuve de Richard Costa qui a été au cœur de *Sois zen et tue-le*. Elle aussi maîtresse de Cicéron mais plus épisodiquement. Elle est également lesbienne et vit désormais avec Carolina, son ancienne belle-sœur (sœur de Richard). Le couple a un gamin : Enzo. Cicéron, ne sachant pas dire non, a accepté d'être le géniteur de cet enfant. Mais Carolina et elle en sont les parents officiels aux yeux de la loi.

Carolina : Juste ci-dessus évoquée, c'est le fantasme *number one* de Cicé. Manque de bol, lui, si talentueux d'ordinaire, se métamorphose en cloporte dès qu'il l'approche. Au fil des aventures, ils se familiarisent tous les deux mais ça n'est pas facile. D'autant que Carolina connaît très bien la relation « passée » de Monique et de Cicé et qu'elle semble plus exclusive que notre héros.

Paulette : Concubine de René. Rien que ça dit tout d'elle. Sa tendance à la maladresse fait d'elle une très bonne cliente des urgences. Si vous la croisez, faites semblant de ne pas la voir. Si elle vous tend la joue, vous êtes foutu.

Et sans oublier Raoul et sa nièce, Lulu, qui tenaient le bistro de l'Interpascher, siège social de notre détective… Vous ne les verrez plus, ils ont vendu leur rade à Félix Yu, un Chinois cent pour cent *made in* RPC.

Voilà, voilou… Bonne lecture !

« Dans l'univers, il n'y a que deux endroits :
ici et là-bas. »
René, astrophysicien.

PROLOGUE

La Bretagne, ça vous gagne. Le slogan est bien connu. Par les paysages, par les villes, les villages, les ports, les plages, les goélands. Même les embruns ont leur charme. J'aime ses parfums iodés et ses odeurs, saturées de beurre salé, de kouign-amann. J'aime ses bises qui remuent les hortensias, ses ardoises et son granit. Ses calvaires et ses bigotes. Les menhirs aussi. Et puis, tout au bout, là où s'arrête la terre, l'océan qui vient se frotter à la Manche et leurs courants qui font un bras de fer qui n'en finit jamais. Et aussi, soyons honnêtes, il y a mon éditeur qui n'a rien d'alsacien. Vous l'avez constaté, Cicéron et sa bande ne prennent jamais de vacances. De là à déclarer que ce sont des travailleurs infatigables… je ne franchirai pas ce cap. Mais de temps en temps, l'instant d'une enquête, leur donner des couleurs, leur faire respirer un bon air est un avantage que je leur dois bien. Nous autres, banlieusards, on serait assez casaniers, assez accrochés à notre rocher en béton armé, à nos squares pelés. Et même si, bien sûr, on a Montparnasse qui est aux Bretons ce que le XIIIe arrondissement est aux Chinois, parfois l'air du large nous manque. L'envie d'échanger le roucoulement feutré de nos pigeons contre les cris braillards des goélands peut nous titiller périodiquement. Nos péniches plates et grises contre des chalutiers colorés et pétaradants. Alors, de « fille en aiguille » comme dirait René, qui va vous prouver, dans ce bouquin, qu'il sait de quoi il parle, voilà Cicéron, Vanessa, Momo et, accessoirement, René qui débarquent en Ille-et-Vilaine. Je leur offre cette virée qu'ils ne seront pas près d'oublier. Je les ai précédés à Saint-Malo et j'ai énormément aimé cette ville (même si le côté trop carte postale m'a un peu dérangé comme si j'étais Malouin de souche), sa richesse, son histoire, ses corsaires, ses perspectives et ses environs. Ses remparts, ses pavés qui résonnent et les vagues qui s'acharnent. Ville éternelle ancrée dans son histoire et qui regarde l'avenir avec sérénité (non, l'office de tourisme ne m'a pas payé). Je l'ai arpentée en tous sens et, faites-moi confiance, ça ne sera pas pour rien. Ils vont en ch… mes trois mousquetaires et ne seront pas trop de quatre pour relever le défi que je leur impose. Quelques huîtres sur le quai de Cancale, le tour des remparts de la cité corsaire et vous êtes dans l'ambiance. Venez, la Bretagne va nous gagner.

Claude Picq

1.

René pêche à pied

— Madame, madame... Vous rechercheriez pas un amant par hasard ?

Une heure que je regarde René apostropher ainsi chaque bonne femme seule qui pousse un caddie sur le parking du centre commercial. Sans succès apparent. Pourtant il n'est pas sélectif. Opiniâtre, c'est sûr, mais il n'a pas d'œillères. Aucun préjugé. Les gamines, les vieilles, elles y passent toutes. Même deux ou trois dont il n'avait pas vu les maris à la traîne. Des mecs qui garaient la voiture pendant que madame affrétait un chariot. Pas de bobo, René a su trouver les mots : « Z'êtes un veinard, vous ! Z'avez dégoté la bonne ! » Et puis, à René, on ne se fie pas spontanément. Il a quelque chose de *poutinien* dans la détermination. Je suis donc là, à le regarder, sur la terrasse que Félix a improvisée à proximité de son rade en privatisant quatre places de parking. Sans l'accord du patron du centre, mais celui-ci, qui a de plus en plus de mal à dénicher des locataires pour les boutiques de sa galerie, a préféré trouver un accord plutôt que de se lancer dans une procédure. Pas très pratique puisque le serveur doit emprunter l'entrée du centre pour acheminer les consos. Rentable ? Je ne sais pas parce qu'il faut affecter un employé en permanence, car, du bar, il n'y a aucune visibilité sur l'endroit. Quelques bacs avec des bambous en plastique pour délimiter la zone, six tables, vingt-quatre chaises en alu, deux immenses parasols carrés, et *basta*, la terrasse est opérationnelle. C'est vrai qu'il y a plus glamour que le mur en tôle du centre, mais malgré tout, avec quatre bouts de ficelle, Félix a su donner une ambiance au lieu. Les tables s'y arrachent. Un matin qu'il était en veine de confidences, le tenancier innovateur m'a expliqué :

— L'année prochaine, je ferai une terrasse en bois et je collerai un décor sur le mur. Mais faut y aller doucement avec monsieur le directeur. Il est pas facile.

Ce matin donc, désœuvré et sans Momo qui a pris sa journée pour répondre à une convocation de la Cotorep qui, une fois encore, voulait vérifier que son bras n'avait pas repoussé pour maintenir ou non son allocation adulte handicapé, je me distrais en regardant René manœuvrer auprès de la ménagère val-de-marnaise. À ce propos d'AAH (allocation précitée), il me vient une suggestion à l'intention des services publics : pour mieux exploiter la novlangue, il conviendrait de rebaptiser cette prestation en AAESH (allocation adulte en situation de handicap) puisque, dorénavant, il est convenu de ne plus appeler un chat un chat. Voire DAESH (dédommagement adulte en situation de handicap). Passons ! Bon, il est temps que je vous explique pourquoi et comment mon pote en est venu ainsi à quémander des faveurs sexuelles sur le parking de son employeur. Toute une histoire ! Mais avant il faut aussi que je vous raconte, une histoire en entraînant une autre, la grande nouveauté du bistro de Félix. En plus de sa terrasse pirate, le Chinois a fini par trouver que ses serveurs, par trop formatés *RPC*, ne favorisaient pas le développement du chiffre d'affaires de sa salle. Il a donc embauché une serveuse. Et quelle serveuse ! Une compatriote tout juste débarquée de son village (Maï Yo Nèz, il me semble qu'il s'appelle), une gamine craquante qui n'a pas froid aux yeux et qu'il a dû briefer façon « entraîneuse ». D'un certain côté, surtout vestimentaire, elle me rappelle un peu Lulu, la serveuse du patron d'avant. La môme, outre en foutre plein les yeux et remplir les braguettes, a reçu la mission de se montrer avenante et familière. Et je peux vous garantir que, chez ces gens-là, la discipline est respectée. Pour l'instant elle ne baragouine qu'un français très approximatif, mais je n'ose imaginer quand elle maîtrisera la langue aussi bien que le déhanché. Il va y avoir du fait divers dans la galerie. La ravissante se prénomme Li Chou Ye et je l'ai toujours vue avec un crop top folklorique mais surtout minimaliste, un short assorti et des tongs. Dommage qu'il lui manque un peu de fesses. La petite s'est très rapidement familiarisée avec la clientèle et encore plus avec la clientèle régulière dont nous sommes, mes potes et moi. Un peu trop. Elle se mêle facilement des conversations, malgré son sabir aléatoire, n'hésite ni à vous coller une bise ni à vous tripoter en passant. Au début, ça gêne. Et puis, comme à tout, on s'y fait. Pour en revenir à

René, toujours en prospection sur le parking, tout a commencé avant-hier matin où il s'est pointé de fort mauvaise humeur. Chez lui, contrairement à Momo, ça se voit tout de suite. La question a donc fusé :

— Qu'est-ce qui t'arrive ?

— C'est Paulette…

— Elle est malade ? Elle a encore fait une connerie ?

Il nous regarde tour à tour. Le ton haut, vous vous en serez douté, attire Li Chou Ye qui vient se coller à notre table en posant sa main sur mon épaule. Ça arrive assez souvent et je dois avouer me sentir, à tort, un peu coupable et que, dans ces moments, je ne cesse de surveiller l'entrée de la salle des fois que Vaness' se pointerait. Elle ferait un carnage. Dans son état (elle est enceinte, je vous le rappelle, et un peu plus chaque jour), elle ne supporte plus rien. Il y a peu de chance que ça se produise, car, à l'heure où nous zonons ici, elle bosse. René entre dans des explications :

— Poulette a décidé qu'on partirait en croisière. Huit jours sur un paqu'bot, un gros machin qui ressemble à un HLM comme sur les pubs. Une croisière à thème comme ça s'appelle.

— C'est plutôt sympa, non ?

— Tu parles ! Elle se fout du paysage. D'ailleurs, sur la mer, y'a pas de paysage. Non, c'qui lui plaît, c'est que la croisière sera animée par Jean-Paul Faucult, çui qu'a remplacé Guy Lux à la télé. Elle est croque de lui depuis qu'elle l'a croisé au salon des arts ménagers, il y a vingt ans. Il débutait et tenait un stand de couteaux électriques.

Je vois bien le libidineux personnage qui bavouille dans les décolletés à sa portée, mais je l'imagine assez mal en qualité d'animateur sur un rafiot pour retraités baby-boomers. Je pose la question, l'explication jaillit :

— C'est l'soir. Il lira des extraits de Barbara Cartland. Tous les soirs. En plus, en payant un supplément, on pourra dîner à sa table un soir. Mais faut vite réserver. Y'a que quarante places à chaque fois.

Momo commence à saturer.

— Ben alors, c'est plutôt sympa. Et puis tu ne seras peut-être pas obligé de participer aux lectures du soir. Pour le reste, tu visiteras.

— Visiter ? Mon cul, oui ! Paske, Poulette, en réservant, elle a vu que JP. Ça lui a suffi. Elle a pas r'gardé l'programme touristique. Les escales c'est, à l'aller : Dunkerque, d'où on part, Le Havre et Brest, où on fait demi-tour et rebelote dans l'aut'sens.

On comprend mieux. J'ose :

— Tu vas faire quoi ?

— J'en sais rien, mais ce que je sais, c'est que j'irai pas. J'vais m'chercher une gonzesse pour faire la soudure.

Momo s'énerve :

— Tu peux pas t'en passer huit jours ? Tu faisais comment avant ?

— Avant, j'étais plus jeune, y'avait pas d'urgence. C'est maintenant que ma teub vit ses plus belles années. Après y s'ra trop tard, j'serai comme Faucult, j'lirai du Cartland pour m'endormir.

Ça se tient, et c'est là qu'ayant enfin assimilé le sujet, la serveuse, qui n'a pas lâché mon épaule, intervient :

— Mais pourquoi toi bateau pas aller ?

Je ne peux pas décrire le regard que lui lance René.

Il écume et finit par éructer :

— Paske moi nager pas savoir.

C.Q.F.D. ! Voilà, on a l'explication. Momo est dépité :

— Et alors ? Tu crois que ceux du *Titanic* qui savaient nager s'en sont mieux sortis ?

— Raison de plus.

— T'es bien con. Tu prends bien l'avion…

— Et alors ? Pas souvent mais quel rapport ?

— Tu sais voler ?

Je modère avant qu'ils n'en viennent aux mains. La lutte serait inégale. Cette incartade n'aura fait que déterminer encore plus René dans sa quête d'amour intérimaire. Et c'est ainsi que je suis là, ce matin sur la terrasse, à le regarder prendre râteau sur râteau. J'exagère, car certaines s'attardent plus que d'autres. Il y en a même un petit nombre d'entre elles qui ont pris la peine de faire quelques pas en arrière pour bien examiner le bestiau avant de décliner. De là à penser qu'il finira par trouver, il n'y a pas des kilomètres. Ça me rappelle un stage que j'avais dû suivre à la Chambre des Métiers, pour m'installer. On nous avait expliqué, en évoquant la distribution de tracts publicitaires dans les boîtes aux lettres, qu'il ne fallait pas espérer plus de trois ou quatre retours de coupons-réponse pour mille flyers écoulés. Et que, sur ces trois ou quatre retours, rien ne garantissait l'achat. Comme quoi la distribution de prospectus est un vaste scandale écologique. Ah ? Je suis médisant, il semblerait que René ait une touche. Pas jobarde la dame, mais, avec Paulette, il a l'habitude. Je les vois qui parlementent. D'ici je n'entends pas car ils chuchotent. Je les imagine mettre en place les modalités adultérines, les conditions générales et les conditions particulières, les aspects pratiques et les contreparties. En tous les cas, ils échangent leurs numéros de portables. Je suis du regard la dame qui arrive, derrière son chariot, vers la porte du centre commercial, juste à deux pas de moi. Il ne va pas s'ennuyer, le René, on sent tout de suite l'expérience, le savoir-faire suranné, le lavage au gant de toilette et la culotte en viscose vieux rose. Probablement une pilosité grisonnante dans son jus. *L'Origine du monde* (tableau célèbre de Courbet) version *Portrait de Dorian Gray*. Bon, j'arrête. Pas envie de gerber mon café tiède. René, vainqueur, accourt me raconter son exploit, mais se ravise en calculant le directeur de l'Inter qui vient à sa rencontre. Peut-être aura-t-il eu des échos de ce qu'il se passait sur son parking. Je le vois regrouper deux caddies qui encombraient une place de stationnement. Voir René bosser est si rare. Son patron, ayant raté le flagrant délit, fait demi-tour. C'est ce moment que Saint Antoine choisit pour se pointer. De mauvaise humeur, il me récupère sur ma terrasse.

— Venez, on va à l'intérieur, c'est moins pouilleux.

… Et « légèrement plus discret », je pense en me levant.

2.

Billet pour le Far West

La salle est vide. Effet terrasse et soleil conjugués. Li Chou Ye est au chômage. Elle anime le bar en alimentant les rires gras des piliers de comptoir par ses maladresses verbales. Nous voir arriver l'extirpe de cet enfer matinal déjà bien alcoolisé.

— Bonyour, Pandore! lance-t-elle au commissaire.

Forcément, en apprenant le français dans un bar à Vitry, on intègre le vocabulaire de Vitry. Un que ça ne fait pas trop marrer, c'est le vieux. Mais il n'a pas de prise sur une telle jeunette d'importation, la baffe serait de trop et la remontrance inutile. Un que ça fait bien marrer par contre, c'est Félix. Il me confiait, il n'y a pas longtemps et en se fendant la poire, que s'il avait une opportunité de trouver un local en face du commissariat, il y ouvrirait un resto chinois qu'il baptiserait « Le paon d'or ». Ça nous a fait la matinée. On s'installe en fond de salle et la gamine nous apporte des cafés. Elle a un petit geste de sympathie à l'égard de Pandore en lui secouant l'épaule. Le crop top m'émoustille un peu, mais la tronche du vieux rétablit l'équilibre. Pour faire la balance positive, il faudrait ad minima l'équipe complète du Crazy Horse en tenue de fonction. En vieillissant, il se laisse envahir par la morosité, notre flic communal. Déjà le voir ici et à cette heure est totalement incongru. En plus, il ne prononce aucun mot. Ses pensées noires lui suffisent. Ça en devient gênant. J'étais mieux sur ma terrasse, au soleil, à regarder René braconner. Pour l'instant il boit son café en silence, les yeux dans le vide. Puis, enfin, il se tourne vers moi.

— Je suis dans la merde.

Un tel aveu de sa part ne peut qu'interroger. J'évite de le faire autrement que par le silence. Un moment se passe et il explique :

— Vous connaissez Mireille ?

Il déraille ou quoi ? Bien sûr que je connais madame Saint Antoine. Quelle question ! J'opine. Il retombe dans un silence de plomb. C'est longuet. Il ne calcule même pas Li Chou qui est restée au garde-à-vous entre nous deux. C'est que, de profil, il faut la deviner, elle est épaisse comme un hologramme. Je n'ose intervenir. Un clignement d'œil et il se réveille un peu.

— Mireille a un demi-frère… une longue histoire… quand ses parents se sont séparés, son père est retourné vivre en Bretagne d'où il était originaire. Il y a refait sa vie et a eu un fils, Loïc, le demi-frère.

Oui, et ? Je le laisse poursuivre maintenant qu'il est parti.

— Loïc a cinq ans de moins que Mireille…

Ça n'est donc plus un gamin. Je trouve l'histoire plus généalogique que passionnante. Mais je patiente, ce n'est pas ça qui le met dans cet état.

— Loïc s'est marié à son tour, mais, malheureusement, il a perdu sa femme juste après la naissance de leur fils. Nous les fréquentons peu à cause de la vie qui est ce qu'elle est…

Avec ça, on est bien avancés.

— … mais quand même. Mireille est la marraine de son neveu… Enfin son demi-neveu…

Mais quel gros con !

— … et le gamin, Gwendal il s'appelle… je me demande bien où ils ont été trouver un tel nom. Bref, il a disparu !

Je ne vois guère où il veut en venir. S'il y en a un de nous deux qui a la capacité d'agir, c'est bien lui. Je fais mine de m'intéresser malgré tout.

— Il y a longtemps ?

— En fin de semaine dernière.

Inquiétant, en effet, quatre jours se sont écoulés. Le père doit être dans tous ses états. La marraine aussi. Le silence se réinstalle, alors je réalimente la conversation :

— Mais le père n'a pas signalé la disparition aux autorités locales ?

Il me toise comme si j'avais dit une connerie.

— Si, évidemment, vous croyez quoi ?

— Et alors ? Ils font quoi ? Un môme dans la nature, c'est une priorité.

— C'est plus un môme, il a vingt-huit ans. J'vous l'ai dit que sa mère était morte juste après la naissance ?

Il a un regard noir et quasi sanguinaire. J'espère qu'il n'a pas son arme de service sinon, à la prochaine réflexion de ma part, il me flingue sur place. Je tente quand même :

— Je ne pouvais pas deviner quand la mère est morte.

Il se reprend car, en effet, rien ne me renseignait à ce propos dans les siens, de propos. J'y vais avec des gants.

— Et vous n'êtes pas intervenu auprès des flics du coin ?

— Si, j'ai appelé le patron de Saint-Malo, le *big* chef, un certain Buan. Il m'a envoyé chier poliment mais fermement. Remarquez, à sa place, j'aurais fait pareil. Tous les jours il y a des jeunes qui larguent les amarres.

Je n'abonde pas, conservant une neutralité de prudence. J'attends la suite.

— Mais tous les jeunes qui disparaissent ne sont pas les filleuls de Mireille. Elle est devenue hystérique. Soi-disant qu'elle ressent des choses. Elle me mène une vie infernale.

— Qu'en dit votre beau-frère ?

— Beau-demi-frère, corrige-t-il aussitôt. Rien, il ne comprend pas, il est inquiet. Mettez-vous à sa place.

J'aimerais bien, mais il me manque objectivement des éléments. Et puis je me demande où il veut en venir. Rien n'est innocent de sa part. S'il est là, c'est qu'il a un autre motif que de venir se faire appeler Pandore par la serveuse. Même un sympathique moment de convivialité en ma présence ne justifie pas ce déplacement hors ses murs. Je reprends donc :

— Pourquoi vous me racontez tout ça ? C'est bien triste, mais je ne vois pas ce que…

— Vous allez y aller.

— En Bretagne ?

— À Saint-Malo. Mon demi-beauf a de quoi vous loger, vous et Momo.

— Et vous pensez que je vais laisser Vaness' ici toute seule dans son état ?

Il n'avait pas envisagé la situation sous cet angle. La grossesse de sa lieutenante, toujours pas capitaine, le contrarie, mais la perspective de devenir parrain brouille le signal dans sa tête. L'embarras le replonge dans le silence. Il marmonne puis réclame, en aboyant, deux cafés. Li Chou en sursaute. René nous rejoint. C'est sa pause. La présence du vieux le dérange et vice versa. Je sens qu'il a envie de me faire des confidences, mais le moment est inapproprié. Pépère glisse la tasse, qui vient de lui être servie, devant René et se lève en me disant :

— Bon, on en parle plus tard.

Il laisse un billet de dix euros sur la table et disparaît. Au revoir, Pandore ! René récupère le bifton et le tend à la serveuse afin d'encaisser la monnaie. Pas de petit profit.

— Il voulait quoi ? se renseigne René en réclamant un verre d'eau.

— Je ne sais pas trop, tu l'as interrompu.

— Eh ben, moi, ça a marché. J'ai deux 06 et une adresse. Une veuve qu'a perdu son mari y'a pas longtemps et qui a pas encore repris la main, une ex à moi qui veut bien me rendre service et une plus jeune qui aime les hommes mûrs. Pas mal pour une demi-matinée. J'me d'mande même si j'vais continuer à recruter. Trois pour huit jours, c'est pas mal. Non ?

J'avoue qu'un tel talent me troue le derrière.

Surtout quand je le regarde. On ne peut pas le confondre avec Richard Gere. Même de loin et de dos. Mon téléphone vibre discrètement dans mon jean. René parlemente avec Li Chou pour le cas où une intégration accélérée lui serait profitable, mais la gamine n'entrave rien. Elle lui répond en chinois, j'imagine bien quoi, et tourne les talons.

— Tu crois qu'elle m'a dit oui, elle aussi ?

Je regarde mon téléphone après m'être levé pour le décoincer de ma poche et je lis le message du commissaire : « *Rappliquez dès que vous vous serez débarrassé de l'autre blaireau. Je vous attends au bureau.* » Il n'a pas été long à réfléchir et je crains qu'il n'ait trouvé la solution. Avant de le rejoindre, j'inquiète un peu René pour le freiner :

— Attention, la petite, je pense que, dans son pays, elle est encore mineure. Et ils ne rigolent pas avec ça là-bas.

Un éclair effrayé traverse ses yeux.

— Tu as raison, j'vais attendre un an ou deux et qu'elle grossisse un peu. Et pis j'ai mes trois. Tu me conseilles laquelle pour commencer ?

— La veuve, je la sens plus motivée. Nécessité fait loi.

— J'pensais comme toi. En plus, c'est la plus belle.

J'imagine que celle qui poussait son caddie dans ma direction, c'était l'ex qui rend service. Je regrette de n'avoir pas vu cette veuve très prometteuse. Il encaisse la monnaie de la soucoupe et se lève à son tour. Royal, il laisse vingt centimes. Sa pause est terminée.

— Tu bouffes où, à midi ? tente-t-il.

— Je ne sais pas, mais pas ici.

Sous le soleil et un peu désœuvré, je décide de rallier le commissariat à pied. Ça fait une trotte, mais quand je marche, je réfléchis. Et puis voir des gens, même ceux d'ici, ça me rappelle que je suis vivant. Pas de nouvelles de Momo qui doit être en train de faire un bras de fer avec l'expert de la Cotorep. On n'a rien sur le feu et c'est bien qu'il soit un peu occupé avec ses formalités administratives. J'arrive assez vite et sans m'en apercevoir en vue du commissariat. Depuis que le tram est en fonction, le quartier fait moins zone. Cette bande de pelouse qui le traverse l'allège. Et, finalement et contrairement à ce que je craignais, la circulation n'est pas pire qu'avant. Sauf, bien sûr, à hauteur du tabac où il est de tradition locale de stationner en double file pour acheter ses clopes et taper la discute avec des copains. Et comme, dorénavant, il n'y a plus qu'une voie, je vous laisse imaginer. Quand je pénètre dans la maison poulaga, j'ai la bonne surprise de voir ma compagne à l'accueil. Son patron la ménage. En plus d'un horaire amplement allégé, il lui réserve des tâches plus reposantes que d'aller se coltiner avec la racaille inculte et locale. Mais elle fait peine à voir. Elle n'est pas dans son élément. Après une bise, elle me précède jusqu'au bureau directorial. De dos, on ne voit pas qu'elle est enceinte, mais de profil, son ventre s'arrondit un peu. Les carrés de chocolat s'estompent carrément (ce qui est un comble pour des carrés). Saint Antoine est au téléphone et ça l'agace qu'elle m'introduise ainsi sans prévenir. Il me fait signe de m'installer sur une chaise. Je devine que c'est sa femme qui vient aux nouvelles. Il ne peut pas en placer une. Il lui balance un : « Justement, je m'en occupe » avant de raccrocher brutalement.

Il demande à Vanessa :

— Vous pouvez faire de la voiture dans votre état ?

— Ben oui, je ne suis pas malade et j'ai passé les trois premiers mois. Pourquoi vous me demandez ça ? Vous voulez m'emmener en week-end ? Dans mon état ?

Il se rabougrit et la congédie d'un geste sec. On attend que la porte se referme et il me rejoint sur le siège visiteur à côté de moi.

3.

Un séjour breton, tous frais payés ?

J'ai l'impression que le commissaire tourne autour du pot. Il n'a rien préparé, mais l'insistance de sa bonne femme le presse un peu. Je le sens assez indifférent au sort de son demi-neveu. Il n'a pas réellement de plan ni d'idée. Mon esprit divague déjà en direction de l'Ille-et-Vilaine. Je ne connais pas ce coin-là. Pas au-delà des images touristiques de Saint-Malo et de ses remparts. Si j'ai bien tout compris, il voudrait que j'aille fureter sur place. Je le laisse venir. Aux frais de qui ? Je ne suis pas contre aller visiter l'endroit et goûter les galettes, mais le quand, comment et pourquoi restent à définir. Et puis je ne laisserai pas Vanessa seule. Pas dans son état. Je n'ai pas de talent particulier en obstétrique prénatale, mais ça me rassure d'être à proximité. Et elle aussi, je pense. Sans doute que c'est pour ça qu'il lui a demandé si elle pouvait faire de la voiture. Pendant qu'on se regarde, le vieux et moi, je sais qu'il construit son scénario. Peut-être a-t-il même déjà dégrossi les modalités. Il se lance :

— Les flics de là-bas ne bougeront pas le petit doigt. Je le sais, Buan n'a pas été encourageant ni ambigu. J'ai donc pensé que vous pourriez vous y rendre, juste histoire de tâter le terrain et de vous faire une idée. D'ici c'est très flou pour moi, et puis je connais mal ces gens. On choisit ses amis, pas sa famille, dit-on. Eh bien, c'est exactement ça. Aucun atome crochu avec les Le Goff. Même Mireille, qui fait tant de foin avec cette histoire, a coupé tous les ponts avec sa branche paternelle. Elle a la rancœur aussi tenace que sa détermination. Loïc, mon beau-frère comme vous dites, avait fait un beau mariage. Il a donc un beau veuvage.

Ça le fait marrer d'avoir trouvé ça.

— Il a repris les rênes de l'entreprise familiale de sa femme, des ostréiculteurs renommés de Cancale. Il a été particulièrement gâté, car il a aussi hérité d'un beau pactole venant de sa mère, la seconde femme du père de Mireille, dont il était le fils unique.

Je n'aime pas les huîtres, mais je l'écoute religieusement. Un environnement se dessine.

— Un type verni, en quelque sorte, qui n'a jamais eu à se baisser. Malgré tout, il sait maintenir le cap et, selon sa demi-sœur, il aurait même bonifié ses acquis. Cancale et ses huîtres ont une bonne réputation et il en profite avec professionnalisme. Et le fiston, fils unique lui aussi, celui qui s'est volatilisé, allait dans le même sens. Ostréiculteur, de mère en fils, avec un sens certain des affaires. C'est lui qui a su mettre en exergue l'authenticité de la production, en faire un vrai produit de terroir et y apporter une forte valeur ajoutée auprès de la clientèle saisonnière. Un peu comme ces meilleurs ouvriers de France qu'on voit défiler à la télé plus que derrière leurs fourneaux, beaucoup d'esbroufe, mais il n'y a plus que ça qui marche maintenant. C'est Gwendal qui a pris en charge toute la partie commerciale. Il a aussi créé un stand sur le marché aux huîtres de Cancale dans lequel il surfacture les touristes à longueur d'année. Ça les amuse de bouffer des huîtres, assis par terre, et de balancer les coquilles vides sur la plage. Vous verrez, c'est pathétique. Une belle affaire qui fait le gros de son chiffre principal d'octobre à avril. Il a aussi mis sur pied un fort réseau de revendeurs et de distributeurs sur toute la Bretagne et bien au-delà. Vous trouvez des bourriches Le Goff jusqu'à Rungis. Il est donc inconcevable qu'il disparaisse en pleine préparation de la saison.

J'en sais plus, mais rien d'autre que des généralités. J'oppose directement un :

— Il a peut-être pris des vacances. Octobre, c'est encore loin.

— Selon Mireille, qui le connaît mieux que moi j'avoue, c'est impossible. Selon son père aussi.

— Une amourette ?

Je le vois rougir un peu, gesticuler sur sa chaise, se décoller le col de chemise et se racler la gorge. J'ai touché un point sensible.

Il bafouille :

— Ça m'étonnerait... Comment dire ? C'est pas facile... Gwen est gay.

Et alors ? Ça change quoi ? Je n'ai pas le temps de poser la question, qu'il se justifie :

— Il doit tenir ça de sa mère.

— Vous m'apprenez que c'est héréditaire. Et puis alors? Une amourette est une amourette. Et ça conforte l'hypothèse, si j'en juge par la réaction familiale.

— Quelle réaction?

— Vous semblez gêné avec ça. C'est quoi? Un secret de famille?

— N'allez pas croire ça! D'ailleurs, j'adorais Charles Trenet.

— Comment votre neveu...

Je sais, je remue le couteau dans la plaie en qualifiant ainsi le disparu.

— ... vivait ça?

— J'en sais rien, moi! Je vous ai dit qu'on les fréquentait pas, et pas pour cette raison. N'allez pas imaginer des choses. Vous demanderez ça à son père. Vous pouvez y aller quand? Et comment?

Il me prend de court. Pour lui, les carottes sont cuites. Il est comme ça. Sans autre argument, j'évoque les frais.

— Vous allez me donner une fourchette et je la soumettrai à Loïc. Il est aux abois et il a les moyens. Paraît-il même qu'il vivrait dans une sorte de manoir en granit et ardoises comme ça se fait là-bas. Je n'y suis jamais allé, mais Mireille, si. Il y a longtemps.

— Le fils vivait chez lui?

— Non, à cause de son... de sa... situation, il a préféré s'éloigner de la vie de patelin. Il a acheté un appartement à Saint-Malo. C'est plus anonyme et il y est moins connu. Il a fui les cancans de Cancale.

Et il se marre. Il a avalé un clown au petit déjeuner, c'est pas possible autrement. Il se lève. La séance est terminée, et la balle est, si je comprends bien, dans mon camp. Il attend ma « fourchette ». Puisque les carottes sont cuites, je ne vais pas le faire lanterner. Pas besoin d'essayer d'argumenter pour le convaincre de l'inutilité que je vois à ce déplacement. On est debout, face à face, à se regarder sans rien dire. Je lâche :

— Trois mille…

— Trois mille quoi ?

— Trois mille balles plus les frais, essence, péages, etc.

— Vous comptez y rester le mois ? À ce tarif…

— Non, trois ou quatre jours. Mais on sera trois.

— Deux, mon coco. Je vous rappelle que votre « femme », puisqu'il faut bien l'appeler comme ça maintenant, sera payée en congé exceptionnel que je lui accorderai. Je vais devoir lui inventer des récupérations pour justifier auprès de l'administration. Si elle pouvait me fournir un arrêt maladie, j'avoue que ça m'aiderait. Vous êtes cher.

— Faut tenir compte du risque.

Il s'étouffe :

— Du risque ? Quel risque ? L'Ille-et-Vilaine, c'est pas la Colombie ! Bon, soit, je soumets et je vous dis ça vite.

Il me serre la main tout en me raccompagnant fermement vers la sortie. Vaness' est toujours derrière la vitre de l'accueil. Elle fait peine à voir. Il est en train de me la rabougrir, ce vieux con, avec ses précautions. J'ai juste le temps de lui dire :

— Un séjour à Saint-Malo, ça te botterait ?

— C'était ça son histoire de voiture ?

— Oui, je te raconte ce soir. Courage !

Même pas un bisou. Ça laisserait des traces sur le carreau et c'est pas très hygiénique vu la catégorie des postillonneurs qui sévissent ici. Je me retrouve sur le trottoir. Il pleut. Je prends ça comme un augure, une préparation à la Bretagne, un signe de Dieu. Ma voiture est restée sur le parking de l'Inter, mais, en me collant au plus près sous les platanes qui longent le boulevard, je parviens à éviter la catastrophe. J'arrive plus humide que mouillé et je trouve un petit mot détrempé sous mon essuie-glace. Momo qui me demande où je suis et qui annonce m'attendre chez Félix. La terrasse pirate est désertée. Les gouttes de la pluie, qui se renforce progressivement, rebondissent sur les tables et les sièges sont trempés. Les parasols repliés font comme des douches. C'est assez joli à voir mais désespérant. Mon adjoint est engoncé en fond de salle. Li Chou, complètement décalée avec ses tongs et son short, lui fait la conversation. Elle parle à un mur, mais cela ne semble pas la perturber. Elle est payée pour mettre la clientèle à l'aise, alors elle le fait. Félix, son patron, veille. Difficile de lire dans le regard du manchot qui se perd en direction de la porte des chiottes. Il rêvasse et ne me voit pas arriver. Son sursaut interrompt sa profonde méditation. Il prend brusquement conscience où il est et réintègre la réalité.

— Excuse-moi, j'étais perdu dans mes pensées.

Li Chou me colle deux bises. C'est la troisième fois dans la journée. Le soleil se lèverait-il plus souvent à l'est ? Je lui demande un Perrier rondelle, j'ai assez bu de café comme ça pour aujourd'hui. Elle part en ondulant façon Maggie Cheung. C'est pas gagné. Les tongs sans doute. Je m'assois et demande à Momo comment s'est passé son entretien.

— Comme d'hab, me répond-il. Toujours les mêmes conneries. J'ai vu le médecin-conseil, un nouveau, qui a constaté qu'il me manquait toujours un bras. Ça n'a pas eu l'air de l'étonner d'ailleurs et on se revoit dans trois mois. Ils espèrent un miracle pour suspendre mon AAH, ces cons. Et toi ? René m'a dit qu'il y avait eu un truc entre toi et le commissaire ce matin.

Je lui raconte ce que vous savez déjà tous, tout en craignant une mauvaise réaction de sa part. Les affaires bancales ou merdiques, il n'aime pas ça. Eh bien, j'ai tout faux.

— Chouette, j'adore les huîtres ! C'est bon pour la calcification. On part quand ?

4.

Les huîtres, fermez votre gueule, on arrive!

L'air chaud et presque caniculaire nous a surpris en arrivant à Cancale, en cette fin d'après-midi. La clim automatique de la 3008 nous évite de trop penser au réchauffement climatique tout en y participant. Vous l'aurez compris, Loïc Le Goff a validé les honoraires annoncés par son flic de beau-frère. Ça n'a pas traîné et Saint Antoine a insisté pour que nous partions le dimanche afin d'être « opérationnels » le lundi. Bonne idée, car, dans ce sens et bien qu'on soit en week-end de pont, l'autoroute était déserte. Le Goff est un solide gaillard, grand, un peu enrobé et rougeot. Signe qu'il ne reste pas assis derrière un bureau pendant que ses saisonniers se coltinent ses casiers avec de l'eau jusqu'à mi-cuisses. Il va au charbon et il le revendique. C'est souvent le cas des mecs à qui tout tombe tout cuit dans le bec, ils ont besoin de se légitimer. L'huître, malgré les gants, abîme les mains. Il en porte les stigmates et sa poignée de phalanges virile ne se fait pas sans une certaine douleur. Sympathique, un peu perdu de nous voir débarquer à trois, il ne sait pas trop comment mener les opérations. Son « manoir » est en réalité une très grosse et assez dispendieuse maison en granit et ardoises posée sur une jolie pelouse très entretenue, parsemée de massifs d'hortensias aussi géants que violets. Une vraie carte postale. La propriété doit faire la fierté du boulevard Thiers qu'elle termine en beauté côté de la pointe des Crolles. Juste au-dessus des parcs à huîtres et à un jet de coquille du marché dédié à ces molles bestioles. Très bel endroit. On s'y sent immédiatement en vacances. Mis à part Vaness', on ne s'est pas encombrés de bagages. Un sac à dos pour Momo et une valise-cabine pour mézigue. J'estime notre mission réalisable en cinq jours, six grand max. C'est la durée du congé « maladie » qu'a réussi à négocier ma compagne qui pète la forme et qui n'a pas complètement convaincu le toubib que sa tension ressentie était bien en deçà de celle qu'il constatait avec son bidule à poire et son stéthoscope. Faut pas trop tirer sur la ficelle. De nos jours, les carabins de ville sont sous un strict contrôle de la sécu. Gare à celui qui se lâche trop sur les arrêts ! On dirait qu'ils ont des quotas. Nous nous installons à l'étage. Une suite parentale pour madame et moi. Vaste, charmante, impersonnelle. Et une aussi pour Momo, à peine plus petite. On ne se refuse rien dans ce genre de bicoque. Je sens un peu confusément que Loïc se pose des questions sur notre équipage. Serait-il en train de regretter son emballement ? Penserait-il que son beauf la lui fait à l'envers ? Il est pour le moins circonspect. Mais, comme nous sommes son seul espoir, il donne le change en nous faisant faire le tour du propriétaire. Il parle beaucoup pour occuper l'espace, mais évite, avec un talent certain, l'affaire qui nous amène ici. Nous avons le droit à l'historique de la maison bâtie au milieu du siècle dernier par son beau-père ostréiculteur et industriel (?). Quelques mots sur lui-même, sa pauvre femme trop tôt disparue, son métier et ses soucis, les vols de casiers qui se généralisent, les conditions sanitaires qui font qu'à la moindre algue vaguement verte dérivant au large, on leur fait la misère. Il installe l'ambiance, on l'écoute. Il nous laisse prendre possession de nos lieux et suggère de nous attendre en bas. Il a prévu que nous dînions chez son amie qui tient Le Goéland Boiteux, un restaurant du quai Gambetta. Il éprouve le besoin de préciser que c'est son amie, mais qu'ils ne vivent pas ensemble. Lui ici et elle au-dessus de son établissement, face à la baie. Nous irons à pied si « la petite dame peut marcher. » C'est vrai que, désormais, Vaness' ne peut plus faire passer son état pour de l'aérophagie. Et ça l'agace, croyez-moi. Moi aussi un peu, d'ailleurs, par solidarité. La petite dame défait ses bagages pendant que je prends une douche rapide. Momo est enfermé dans ses quartiers, on le récupérera en descendant. Quand Van' me remplace dans la salle de bain, je profite du paysage à la fenêtre. J'aime cette ambiance. L'orientation de la bâtisse fait qu'il me faut me pencher pour apercevoir la mer. L'architecte aurait pu implanter autrement. Mais c'est vrai qu'ici, la mer, on la voit tous les jours et qu'il faut être parigot pour lui trouver un romantisme qu'elle n'a pas au quotidien. En réalité, je ne la vois pas. Je vois son emplacement. C'est marée basse et elle se retire assez loin. J'aperçois aussi les parcs à huîtres alignés en rangs d'oignons. Des tracteurs avec des remorques qui font barges me paraissent tout petits sur la vase. Ce manège dominical me surprend et je me promets d'en demander la raison. L'huître semble nourrir beaucoup de gens si j'en juge au nombre de bonshommes qui œuvrent avant le retour des flots. Je parle de ceux qui en vivent, pas de ceux qui les bouffent, même si elle les nourrit aussi. Je regarde l'heure : dix-neuf heures. Il est temps de descendre rejoindre notre hôte. Je suis un peu fatigué. La conduite et la chaleur et, aussi, le fait que je n'aime pas être chez les autres. Je suis assez casanier. On cogne chez Momo qui attendait le signal puisqu'il ouvre aussitôt sa porte. Fin prêt, le manchot ! Et comment ! Un milord. Il va me filer la honte. J'ai remis les mêmes fringues. Lui est sur son trente-et-un, on croirait qu'il va à un truc dans un *club house* d'Auteuil. Pareil, Vaness' qui a enfilé une petite robe tout à fait de saison et de circonstance. Je m'étonne de n'être l'objet d'aucune réflexion. Le Goff me sauve, lui non plus n'a pas fait d'effort particulier. Nous sortons et empruntons le raidillon piétonnier qui nous descend en bas de la rue du Port, juste à l'entrée du quai. Le restaurant est à cinquante mètres. Je ne vous surprendrai pas en vous disant que les jeunes actifs sont sur le chemin du retour et que la clientèle est donc composée uniquement de vieux en bermuda et chemise Lacoste ou assimilée. L'affaire turbine et j'apprécie cette ambiance. On nous installe à une table réservée et la patronne vient nous saluer. La manière dont elle embrasse notre veuf m'informe que leur relation n'a rien de secret. On se présente, on nous présente

Chantal qui nous assure être ravie de nous recevoir et qui s'émeut sur l'état de la lieutenante. On n'a pas fini avec ça! Encore cinq mois, si je compte bien, à supporter ce genre de réflexions et de phrases toutes faites. Déjà les rares copines de la mienne, que je croise, nous racontent toutes leurs accouchements. Heureusement, Chantal a un métier, et Loïc, comme beaucoup d'hommes, est embarrassé avec le sujet qui lui rappelle de bien tristes souvenirs. La maison nous a préparé un menu qui nous évite d'avoir à choisir. Ce qu'il y a de mieux et de plus local. Évidemment, le contraire m'aurait étonné, nous n'échappons pas aux huîtres. Beurk! Et des « Le Goff », s'il vous plaît! Je commence mal en risquant de me mettre à dos mon mandant. Eh bien, vous allez rigoler, c'est tout l'inverse qui se passe. Lui non plus, avoue-t-il discrètement, n'aime pas les coquillages crus. Tout comme moi. Ouf, je gagne un point. Mais il apprécie que mes deux accompagnants fassent honneur à sa production. Et ils ne font pas semblant. Nous, on se rabat sur les crevettes, les bulots et les bigorneaux. Probablement tous d'importation. Et la mayo, maison, qui n'a rien à voir avec celle en conteneur de votre Kebab habituel. Pour moi, les bulots ne sont qu'un alibi à engloutir de la mayonnaise à la cuillère. La vue est magnifique et l'ambiance gastronomique. Nos vieux voisins en bermuda ne pipent pas un mot et se bâfrent maladroitement. Le fruit de mer nécessite une pratique qui ne s'improvise pas. J'ai l'impression d'être entouré de Renés, plein de Renés. Je pense à lui. Il me manque. J'imagine qu'à cette heure-ci il conclut avec une de ses prospectées sur le parking. Je crois que c'est ce matin que Paulette a embarqué. La marée qui remonte chasse les tracteurs des parcs et on les voit défiler devant nous avec leurs barges au cul remplies d'employés. J'en profite pour poser ma question à Loïc :

— Vous bossez aussi le dimanche ?

— Ça arrive souvent, mais ça n'est pas la généralité. J'ai laissé mes gars au repos, mais on a eu une forte houle à la marée précédente et certains de mes confrères ont préféré aller vérifier que leurs casiers n'ont pas trop souffert.

— Et pas vous ?

— Non, je n'ai pas la tête à ça. Et puis, on est solidaires dans la profession et mes casiers ont été vérifiés par mes voisins. Ça se passe toujours ainsi quand une équipe est absente.

Chantal vient à intervalles réguliers s'assurer que tout va bien et que nous ne manquons de rien. Puisqu'il évoque son moral, j'en profite pour le brancher sur l'affaire pendant que les deux autres continuent à décimer sans vergogne je ne sais combien d'années de travail. Quatre ans pour « construire » une huître et trois secondes pour l'engloutir sans anesthésie. Effarant !

— Parlez-moi un peu de votre fils…

Je le vois se raidir. On y est ! Pas facile pour lui. Il ne sait pas ce qu'on nous a raconté. Je l'aide :

— Votre beau-frère m'en a dit beaucoup…

Il se détend et se lance.

— Gwen a toujours été un peu… particulier. Mais c'est un bon garçon, travailleur. Je ne comprends pas. Il n'a pas pu disparaître ainsi volontairement. Ça ne lui ressemble pas.

— Il ne vit pas avec vous…

Je le sais déjà, mais je ne sais pas quoi dire.

— Non, pas en permanence. Il a acheté un appartement à Paramé, limite Saint-Malo. Un chouette endroit. Vous verrez demain. Parce que j'imagine que vous voudrez voir.

— Bien sûr ! Nous allons devoir commencer par là. Je ne comprends pas que la police locale ne prenne pas votre histoire au sérieux.

Il hausse les épaules.

— Vous ne connaissez pas son patron. Buan est plus actif à la terrasse des cafés de la place Chateaubriand que dans son commissariat. Tout le monde vous le dira ici. On aura toutes les chances de l'y croiser demain matin. Vous pourrez lui poser la question.

Je ne veux pas d'embrouille avec les autorités locales. Surtout après les mises en garde de Saint Antoine à ce propos. Mais demain sera un autre jour. Vaness' se lève pour aller aux toilettes. Les huîtres Le Goff seraient-elles diurétiques ? Je recentre sur le fiston.

— Gwenaël…

Il me coupe sèchement :

— Gwendal !

Oups, la gaffe, j'avais oublié ! Changeons de chapitre !

5.

Le tour du propriétaire

— Gwendal av…-t-il un ami ?

J'allais employer l'imparfait, mais je me suis rattrapé aux branches. Loïc est visiblement très mal à l'aise avec l'homosexualité de son fils. Il élude :

— Pas à ma connaissance.

Et voilà ! Homosexuel passe encore, mais pratiquant, faut pas pousser. Je sens qu'il va être coriace d'entrer dans les détails. Van' revient, soulagée. On nous débarrasse et le rythme tendu de la conversation s'interrompt. Momo ne bronche pas, il en train de frotter, avec un bout de sa serviette mouillée, une tache qu'il a faite sur son polo chic. Il est contrarié, mais je sais qu'il ne perd pas une miette de ce qui se raconte. Le jour nous quitte. Du fait que nous sommes exposés plein sud, le coucher de soleil nous échappe, mais nous bénéficions d'une extraordinaire luminosité sur la baie recouverte par la marée haute. La jetée de la Fenêtre, c'est son nom, s'embrase, profitant des derniers rayons, avant de sombrer dans la nuit sans lune. L'air fraîchit rapidement exactement comme lors d'une éclipse. Le plat, des coquilles Saint-Jacques poêlées sur un lit de petits légumes croquants, nous est proposé sous des lumières artificielles qui donnent une ambiance cosy au Goéland Boiteux. Les vieux, tout autour de nous, commencent à reboutonner leur bermuda. Il est l'heure du film à la télé. L'ambiance se *confidentialise*. Le brouhaha protège de moins en moins notre conversation. Et, à chaque mot plus haut que l'autre, on s'imagine que tous les regards convergent vers nous. Nous attaquons donc nos coquilles en silence. Elles le méritent. Succulentes ! Je n'ai jamais réussi la cuisson de ces délicates bestioles. Généralement, je les cuis trop et elles se transforment en quelque chose qui ressemble à des encornets mal assaisonnés. Pareil pour les petits légumes, je ne sais pas doser. Pas un mot ne sera prononcé avant le dessert, un framboisier un peu écœurant à mon goût. Nous sommes fatigués et Loïc prend ce prétexte pour une balade digestive avant de rentrer nous coucher. « Demain il fera jour », déclare-t-il en se levant. Personne ne s'inquiète de l'addition et nous quittons, repus, le restaurant. Nous suivons notre guide en continuant sur le quai battu par les vagues, vers le môle de l'Épi. L'air est doux. Puis nous empruntons un escalier très… digestif qui nous fait remonter au-dessus du quartier de la Houle composé de ruelles et de petites maisons de pêcheurs, désormais presque toutes vouées à la location saisonnière, et nous revenons sur nos pas par un sentier sur les Hauts qui nous offre une vue inoubliable autant qu'imprenable (allons-y avec les poncifs. La vue à couper le souffle serait de trop en raison de la nuit qui la limite quand même un peu) sur les toits d'ardoises et la baie qui semble déjà endormie. Le sentier est étroit et la queue-leu-leu ne favorise pas les échanges. De nuit, la maison de Le Goff paraît inquiétante, presque sinistre. On entend clairement la mer qui s'échine contre la côte. Bien mieux que le jour où elle est couverte par les bruits de la ville. Je ne sens pas notre hôte motivé pour des prolongations. Nous convenons de nous retrouver à huit heures directement au Goéland pour le petit déjeuner. Il aura briefé ses équipes avant et nous consacrera la matinée pour nous conduire chez son fils. Je lui fais remarquer qu'il se lève tôt et il me répond que la vie d'un ostréiculteur est organisée en fonction des marées et que la mer n'a aucune pitié pour les fêtards. Nous regagnons nos pénates en silence. Brosse à dents, extinction des feux et au lit.

J'ai eu un peu de mal à m'endormir, Vanessa n'a pas arrêté de gigoter et de parler en dormant. Un babillage incompréhensible. Je ne saurai jamais ce qui l'agitait ainsi. Jusque tard, j'ai entendu la télé chez Momo. Et malgré tout cela, c'est en pleine forme qu'on débarque, à l'heure dite, au Goéland dont la physionomie diffère beaucoup de celle du soir. Il est encore tôt pour les vacanciers et seuls deux habitués occupent la terrasse sur le quai. Chantal nous accueille et nous annonce que Loïc est sur le chemin. La salle est complètement vide et notre table d'hier est dressée pour un petit déjeuner qui promet d'être rassasiant. Nous sommes tout juste installés que notre ostréiculteur débarque. Une bise à Chantal qui guettait son arrivée, quelques mots aux deux consommateurs en terrasse et de solides poignées de main rugueuse pour nous. Le bonhomme s'acclimate à notre présence dans son décor. On devient des familiers. Il se détend, félicite sa copine pour les petits plats qu'elle a mis dans les grands pour nous recevoir si tôt. Nous carburons tous au café. Sans sucre pour Momo et moi, avec lait et sucre pour Vaness' et le dresseur d'huîtres. Croissants, crêpes, beurre, confiture, tartines, jus d'orange et salade de fruits. Le quai est vide, juste quelques voitures sur le parking, peu de promeneurs. La marée, qui n'en fait qu'à sa tête, est à mi-pente. J'ignore si elle monte ou si elle descend. Le défilé de tracteurs et de remorques barges m'indique, vu qu'ils se dirigent vers les parcs, qu'elle descendrait plutôt. Loïc sort un instant pour saluer son équipage. Bonne ambiance chez les travailleurs embarqués. Le *brief* matinal a été efficace et c'est la fleur au fusil qu'ils partent patauger dans la vase. On n'a plus faim du tout quand on se lève de table. Le Goff nous a concocté un programme « découverte ». On se croirait en vacances avec un guide particulier. Il va nous montrer tous les lieux où Gwen a ses habitudes. Il nous conduit jusqu'à un énorme pick-up américain très très m'as-tu-vu dans lequel nous prenons place à l'aise. Un signe tangible de réussite dont la nécessité sur les étroites routes bretonnes ne me saute pas aux yeux. Par contre, et sans doute est-ce le but, on ne passe pas inaperçus dans le landerneau. Le moteur émet un bruit sourd et rassurant. La fierté de Loïc, c'est sûr. Il commente en anticipant les questions qu'il aimerait qu'on lui pose :

— Dodge RAM, V8, 5,7 litres de cylindrée, 400 chevaux et boîte automatique à 8 rapports.

Je n'ose imaginer la consommation, l'assurance et le malus écologique. Notre première escale n'est pas loin puisque nous changeons simplement de parking pour nous rapprocher du marché, juste face aux parcs, où les touristes se précipitent à toute heure pour avaler leur douzaine « en direct du producteur » accompagnée d'un verre de vin blanc et d'un demi-citron. Le stand Le Goff est un des premiers installés sur le court quai qui surplombe la petite plage. Les bourriches sont en train d'être mises en place pour attirer le public et déjà une des deux employées est occupée à ouvrir des coquilles et à préparer des assiettes. Quelques touristes matinaux font le pied de grue devant les stands pour avoir le privilège d'être les premiers à s'asseoir sur les marches du quai et à pouvoir balancer leurs coquilles vides sur le littoral. C'est purement folklorique, mais ça plaît. Quand l'humain peut dégueulasser son environnement, il ne s'en prive pas. Loïc nous présente Solène et Lisette, les deux tenancières du stand, qui n'interrompent pas pour autant leur travail. Le chef est là et les huîtres ne s'ouvrent pas toutes seules. Commentaire du patron :

— C'est Gwen qui est à l'origine de ce marché. Les collègues ont vite adhéré et, aujourd'hui, il y a une dizaine de stands. Ça plaît beaucoup et on y sert à toute heure. En saison estivale, qui n'est pourtant pas la meilleure pour nous, on refuse presque du monde.

Je regarde, incrédule, mes contemporains gober maladroitement ces pauvres bêtes qui ne leur ont rien fait et balancer d'un geste « autorisé » leurs déchets sur la plage qui ressemble à un cimetière géant. Même les goélands semblent y trouver à redire. Ne cherchons pas à comprendre. Je ne peux m'empêcher de remarquer :

— Je trouve ça plutôt dégueulasse…

— C'est le prix à payer pour la survie de nos entreprises. La marge générée ici nous ramène souvent à flot.

Quand je vois sa bagnole, je le crois. Mais quand même.

— Il n'y aurait pas mieux à faire avec toutes ces coquilles ?

Il rigole et me tire un peu à l'écart en me prenant par les épaules.

— Si, bien sûr, c'est l'effet Kiss Cool de l'affaire. Depuis quelques années, il existe une filière pour valoriser nos déchets. On en fait des produits pour la construction, la peinture routière, la cosmétologie, et même la réparation osseuse. Régulièrement, donc, on prélève ces déchets, tout en en laissant suffisamment pour inciter la clientèle à continuer d'apporter sa coquille à l'édifice, et ils sont revendus à des entreprises spécialisées dans les produits dérivés. C'est même devenu un cercle vertueux auquel participent, sans le savoir, nos clients de passage. J'ai pris l'habitude de dire que nos coquilles sont consignées, mais que c'est nous qui touchons la consigne. D'où l'effet Kiss Cool.

Pas con ! Je cherche mes deux adjoints, bien discrets depuis notre arrivée. Momo est à quelques mètres et il photographie le petit phare qui ouvre la jetée de la Fenêtre où des pêcheurs nettoient leurs casiers à crustacés à coups de jet. Photos de vacances. Van' a disparu de la circulation. Je m'inquiète légèrement. Je la retrouve, un peu plus loin, assise sur le quai et en grande discussion avec un touriste dont je ne vois que le dos et les coquilles qu'il balance en leur donnant de l'effet comme s'il voulait faire des ricochets. Un dos familier qui m'occasionne instantanément des suées. Comme une hallucination. Loïc me propose de rameuter mes troupes, car la journée n'est pas finie. Nous devons aller visiter l'entreprise et, ensuite, nous diriger vers Paramé et Saint-Malo. La boule au ventre, je hèle Momo qui fait demi-tour. Lui aussi calcule Vaness' assise. Lui aussi blêmit. Il me tire le bras. Aucun mot ne sort de sa bouche, mais c'est clairement « tu vois ce que je vois ? » que son geste signifie. Prenant notre courage à deux mains, nous nous engageons dans la direction du couple à quai. Les ombres de Vaness' et de son compagnon, qui s'allongent au sol dans leurs dos, ne laissent que peu de doute. Sentant notre présence, les deux se retournent comme un seul homme (dont une femme).

— Ben tiens, vous z'ici ! nous lance René en balançant son assiette, qui se fracasse sur un rocher. Si j'm'attendais !

6.

22, v'là René!

La stupeur me fige sur place et un mélange d'incrédulité et de rage m'envahit. J'en suis à ne plus savoir où je suis. Vanessa est prise d'un fou rire que l'intrus interprète comme un signe de complicité. En réalité, c'est juste nerveux. Dans son état, elle est à fleur de peau. Le Goff ne comprend pas et nous presse.

— Faut y aller.

Momo est déjà devant le pick-up et ne saisit pas encore la situation. Il attend. René se lève difficilement, se frotte le derrière et file droit vers l'ostréiculteur.

— Bonjour ! Je suppose que c'est vous le père de la tarlouze qu'a disparu ?

Les mains se serrent machinalement, sans comprendre. Je réfléchis à une explication plausible, mais rien ne me vient. René en profite :

— Je suis comme qui dirait la troisième roue du carrosse. Si on compte pas la p'tite, bien sûr.

Elle, c'est la roue d'secours. Disons qu'on est les trois mousquetaires, et qu'elle, c'est la Marianne de *Thierry la Fronde*. Pour vous donner une image. Bon, si j'ai bien compris, faut qu'on y aille. J'chuis prêt, j'ai laissé ma valoche à l'hôtel et j'ai rendu mon tacot.

Je hausse les épaules pour répondre au regard interrogateur et inquiet de notre client. Que dire ? Habituellement, j'aime assez l'improvisation, mais là je suis sec. Les choses se font naturellement, mal mais naturellement, et on rejoint la Dodge en file indienne. Je vous passe les réflexions du troisième mousquetaire à propos de la voiture. Réflexions très mal séantes, bien que, je dois le reconnaître hypocritement, je les partage assez volontiers. Ça va de « l'aspirateur industriel à minettes, avec ça tu *péchos* du gros » jusqu'à « les mecs, plus y z'ont une petite teub, plus y z'ont une grosse caisse… » Momo choisit de faire l'autruche en s'enfonçant la tête dans le bras valide sur l'aile du 4x4. Nous nous entassons, trois à l'arrière et le chauffeur et moi à l'avant dans l'habitacle, et nous démarrons sous les commentaires intarissables de l'intrus :

— Faut r'connaître que c'est joli comme coin et qu'c'est une bonne idée d'servir des huîtres h24. Ça manque chez nous où y'a plus qu'les chinetoques pour bosser. Vous d'vriez installer une de vos bicoques au bord d'la Seine, vers Notre-Dame, là où y'a plein d'monde. Vous vous feriez des couilles en or.

Je décide d'élever le ton et de demander des explications. Ma sidération commence à s'émousser et le sourire de Le Goff me témoigne qu'il s'habitue au bonhomme.

— Qu'est-ce que tu fous là ?
— C't'une longue histoire.
— Fais court.

J'ai l'impression qu'il va passionner tout le monde. Loïc roule au ralenti. Hésitation, et :

— Après avoir déposé Paulette à la gare du Nord pour qu'elle aille s'embarquer à Dunkerque pour sa croisière à la con – c'était samedi –, j'avais rendez-vous avec la veuve que tu sais pour le goûter. Y s'est rien passé pask'elle était bouchée… (Faites comme nous, ne cherchez pas à comprendre, vous seriez choqué), et après j'devais voir mon ex, que j't'avais parlé aussi, mais on s'est embrouillés quand elle m'a dit que j'avais les corps caverneux entartrés. Ça aide pas de s'entendre traiter d'homme de Cro-Magnon pendant l'acte. J'chuis sensible aux compliments, pas aux reproches. Bref, on s'en fout !

En effet…

— En sortant du Formule 1, j'voulais pas qu'on aille chez moi à cause que si Paulette avait raté son train elle aurait pu radiner, et elle voulait pas qu'on aille chez elle à cause de son souteneur qui la croyait au turbin. Le samedi, c'est un gros jour sur les boul'vards extérieurs. Bref ! En rentrant, j'tombe sur St'Antoine et sa bonne femme qui faisaient les courses à l'Inter.

Loïc, qui commence à se familiariser avec le discours, demande :

— Comment va Mireille ?
— Vous la connaissez ?
— C'est ma sœur.
— Oh ben, merde alors, faut que je fasse gaffe à c'que j'dis. Elle allait bien. Y z'étaient invités chez l'maire de Vitry et y pouvaient pas arriver les

mains vides. C'est pour ça que j'les ai croisés aux courses. Bref!

De « bref » en « bref », on va finir par connaître l'histoire. Nous sommes arrivés devant l'entreprise et je n'ai même pas vu le chemin emprunté. C'est malin!

— Comme y z'étaient en avance, on a pris un pot chez Félix. Vot' sœur était pas à son aise. Surtout quand Li Chou a appelé vot' beauf' « Pandore ». Le vieux... mille excuses, mais il est pas tout jeune... préférait qu'on parle boulot plutôt que d'choses et d'autres. Alors il m'a tout raconté. Et me voilà! J'me suis dit que vous auriez pas trop d'deux bras et d'une tête en plus. Mais y m'avait pas dit que la commissaire c'était vot'frangine.

— Et comment tu es arrivé là?

Il me regarde avec un air de reproche.

— Pas par le sain d'esprit, c'est sûr! Par le train, pardi! J'ai pris celui que j'trouvais à Montparnasse. Coup d'bol, j'ai pas été contrôlé. J'sais pas prendre un billet à une borne. C'est comme au McDo, je sais pas. J'ai descendu à Saint-Malo comme le vieux m'avait dit que vous étiez. Drôle de gare, on croirait une véranda. On peut pas parler de hall de gare, y'en a pas. Après j'ai d'mandé à un gus qu'avait l'air de connaître le coin. Un SDF avec un clébard sans marque. Il m'a conseillé de m'éloigner pour trouver un hôtel pas trop cher et il a tenu à m'accompagner. On a marché un max. Je lui ai payé trois coups sur le chemin. Un par kilomètre à peu près, et on a atterri dans un bled qui s'appelle Paramé. Il m'a largué devant un hôtel sympa où y'avait une chambre disponible. La Joconde, je crois que c'est son nom...

Loïc rectifie:

— La Rotonde, je connais, c'est pas loin de l'appartement de Gwen, boulevard Chateaubriand.

— Ah ben, ça tombe bien. J'me demandais comment j'allais le retrouver ce soir. C'est qui, Gwen ?

— Mon fils.

— Vous étonnez pas qu'il vire sa cuti avec un nom d'fille ! Gwen, c'est quoi ? Gwendoline ?

Je sens que ça dépasse les bornes. Momo aussi, qui lui colle son moignon dans le flanc. Mais, bon, notre chauffeur ne se formalise pas plus que ça. J'appréhende même le moment où il va lui proposer de l'héberger. Nous descendons. La visite commence. Je ne vous dirai pas où se trouve exactement l'entreprise, je n'ai pas fait attention au chemin. Mais ce n'est pas très loin. On a longé la mer et bifurqué sur une centaine de mètres. Je reconnais deux des tracteurs à barge, que j'ai aperçus dans les parcs, alignés devant un vaste hangar. C'est là que sont triées les huîtres en fonction de leur taille, emballées en bourriches et expédiées sur les points de vente. Ce que je connaissais du métier d'ostréiculteur, c'est juste ce que j'avais appris en regardant travailler l'un d'eux dans l'émission *L'Amour dans le pré*. Ici, c'est le cran au-dessus, bien plus structuré. Ça bosse et ne fait pas semblant. Loïc nous fait faire une didactique visite agrémentée de nombreux commentaires. Sans doute que ça serait bien pour une classe de CM2, mais, dans le cas qui nous occupe, je trouve ça assez inutile. Momo pose des questions. René demande s'il peut goûter et si l'entreprise livre dans le Val-de-Marne. Il explique qu'il ne boit plus de vin et demande si, à la rigueur, on peut le remplacer par de la citronnade pour apprécier mieux. Vaness' me donne le bras. Mais où on est ? Dans quelle histoire errons-nous ? Je n'arrive même pas à percevoir quoi que ce soit à propos du disparu. Impossible de me le représenter dans ce contexte. C'est pourtant bien par là qu'il faudrait commencer. Je n'écoute plus le cours magistral et je suis, machinalement, la délégation. Nous saluons tel chef d'équipe, félicitons deux trieuses concentrées et traversons l'entrepôt comme sur un tapis roulant. Je m'imagine être un futur député en campagne, faussement motivé. Puis nous découvrons les bureaux. Ça n'a rien d'une multinationale. Juste une secrétaire, que Loïc nous présente comme son bras droit, et une jeune tatouée qui est en alternance. J'avise une Nespresso et je sollicite un café. Au point où nous en sommes... Je suis le seul. René, Momo et Vaness' se laissent tenter par quelques huîtres en rabiot. Loïc profite de la pause pour donner quelques instructions à son assistante. Une demi-heure de perdue à mon sens et nous rembarquons dans le pick-up. René, en digestion, nous épargne ses commentaires tout le long de la route qui nous mènera chez Gwendal, à Paramé. Quelques kilomètres et nous nous garons devant un immeuble en bas du boulevard de Rochebonne à pas tout à fait cent mètres de la plage du même nom. Le Goff nous désigne l'hôtel de René juste au carrefour derrière nous. Ce dernier est tout heureux de retrouver ses repères et son repaire. Il profite de l'escale pour s'éclipser et aller changer de chaussures. Ses godasses de ville lui font mal aux pieds « quand je marche », précise-t-il. Bon débarras ! Le neveu de Mireille vit dans un immeuble ordinaire. Nous suivons son père jusqu'au premier étage et pénétrons dans un deux-pièces modeste décoré sans goût.

— C'est plus un pied-à-terre… Gwen voulait son indépendance, mais il passe les trois quarts de son temps à Cancale. Entre l'entreprise, le marché, les parcs et la maison, où il a conservé son studio. Il a acheté ici il y a deux ans pour, disait-il, vivre tranquillement sa « différence ». Vous n'allez sans doute pas trouver grand-chose, mais allez-y.

Vaness' et Momo n'ont pas attendu cette autorisation pour commencer à passer au peigne fin l'appartement. Des méthodiques. Tellement que je ne sers à rien. Sauf, on va dire, à superviser. Pendant qu'ils agissent, je reste avec le papa pour faire la conversation. Mais, bien que le tour du propriétaire promette d'être rapide, je note quelques détails. Le lit d'abord : les deux tables de nuit racontent chacune une histoire différente. Elles sont utilisées toutes les deux et pas de la même manière. La salle d'eau ensuite qui relate la sienne. Trop de trucs pour un seul homme. Pas assez pour une femme et un homme. Et juste ce qu'il faut pour deux mecs. Ça saute aux yeux. Deux verres à dents, un avec une brosse électrique et le second avec une ordinaire. Deux rasoirs de marque différente et tout le nécessaire de toilette en double et pas forcément assorti. Un contour de compagnon se dessine. La porte d'entrée était restée entrouverte et René apparaît dans l'encadrement, en tongs.

7.

Perquise

Cette arrivée inattendue met un peu la zone dans nos investigations bien huilées. Du bon sens aussi, car il ne faut pas plus de deux secondes à l'intrus pour résumer la situation :

— À c'que j'vois d'ici, ces messieurs-d… messieurs-messieurs, y vivaient comme un p'tit couple qu'aurait pas l'alternative agréable, comme moi et Paulette par exemple. Remarquez, j'y trouve rien à r'dire. J'ai été élevé dans la religion cathodique, c'est pour ça. Chez nous, on jouit en même temps. Quand on peut, bien sûr. C't'une question de principe, d'égalité homme-femme. Une fois, j'm'ai fait avoir par surprise, mais j'étais pas dans l'bon sens pour en profiter. Alors j'sais de quoi j'cause. Vous m'direz que si ça avait été l'inverse, p'têt que j'dirais pas ça. P'têt !

Plus stoïque que Loïc, tu meurs. Il articule même :

— Qu'est-ce qui vous fait dire tout ça ?

— D'jà la cuvette des chiottes que j'vois d'là. Elle est levée. Quand y'a une bonne femme, elle est toujours baissée. J'en sais quelque chose paske Paulette elle arrête pas de me gueuler dessus rapport à ce que, paraît-il, j'pisse dessus. La mauvaise foi féminine ! J'dis pas une goutte ou deux quand j'ai pu la pression… comme par terre aussi. Mais jamais plus.

Personne, parmi nous, n'avait relevé cet indice, mais il complète la panoplie et il va falloir que le paternel du disparu nous en lâche un peu plus. Je le prends à l'écart. Au sens habituel du mot évidemment. Je n'ai pas la vocation en visitant cet appartement.

— Dites, monsieur Le Goff, vous persistez à prétendre que votre fils vivait seul ?

L'embarras se lit sur son visage. Mettez-vous à sa place, c'est pas facile. L'ostréiculteur, par tradition, est plus porté sur la moule. Bon, je dérive. Reprenons.

— Il était discret sur sa vie. Il ne se livrait pas. Déjà tout petit…

Je vois qu'il temporise. Il est embarrassé. Je lui sors ma carte « silence » pour l'obliger à montrer son jeu. Je l'écoute donc en le gratifiant d'un sourire convenu, destiné à le mettre à l'aise.

— Oui… Bon, il y avait bien Jordan, mais on ne peut pas vraiment dire qu'ils vivaient ensemble. Je vous l'ai dit, Gwen passait presque toutes ses nuits à la maison.

Intéressant quand même ! Je réagis :

— Et ce Jordan, qu'est-ce qu'il en dit de la disparition de son ami ?

— Je n'en sais rien, on n'a aucun rapport…

J'évite la blague de lui dire que ça serait incestueux, mais je trouve ça effarant. Son fils disparaît et il n'a pas l'idée de poser des questions à celui qui, incontestablement, partage sa vie. Je m'apprête à lui faire la remarque quand un bruit de robinet nous distrait. C'est René qui met en application ses théories, porte grande ouverte. De dos, on devine qu'il se la secoue et, en se retournant :

— Remarquez, c'est pas con de lever la cuvette. Comme ça on la rabaisse après et ni vu ni connu… Sauf par terre.

Vanessa et Momo ont terminé leurs constatations et nous rejoignent dans l'entrée. Je reprends, déconcentré :

— Et ce Jordan, il s'appelle comment ? Il fait quoi dans la vie ?

— Je n'en sais rien. Gwen l'a bien amené deux ou trois fois à Cancale, mais je ne savais pas qu'ils… enfin ce qui se passait entre eux. Je croyais que c'était un copain de sport.

— On peut appeler ça comme ça, rétorque René, qui n'a rien perdu de la conversation. Ça doit être du sport, croyez-moi ! Et même du sport de précision. Faut pas s'rater !

Cette analyse aussi pertinente que déplacée secoue un peu mon client qui se met à bafouiller :

— Je… je crois qu'il est garçon de café…

René prend les choses en main.

Même si cela n'est pas approprié, ça colle bien à la situation.

— Et dans quel café, s'il te plaît ? Paske si on doit s'tartir tous les cafés de Bretagne, on n'est pas sortis d'l'auberge. J'sais d'quoi j'cause, j'suis breton par ma mère et fils d'alcoolique.

— Il me semble. Je dis bien il me semble, que c'est à L'Univers, dans la vieille ville.

— Eh ben, voilà, nous y v'là ! Si tu dis L'Univers, c'est qu'c'est L'Univers. Sinon t'aurais dit aut'chose. Quand on sait pas, on n'invente pas. Et c'est où, c'te vieille ville ? Elle a un nom, c'te vieille ville ?

L'autre nous regarde, atterré. Et dire qu'il nous paye pour s'entendre traiter ainsi ! Il est toujours debout, dans l'entrée, entre la porte des chiottes et le salon. Il sue plus que de raison. On ne passe jamais impunément l'électrochoc René.

— Alors ? Tu t'rappelles pas non plus du nom de c'te vieille ville ? Comme pour L'Univers ? Tu t'fous d'nous, j'le crois pas. Hein, les mecs, qu'y s'fout d'nous ?

Momo s'agace. Il va falloir ramener un peu de sérénité dans ce hall de garçonnière. Le manchot le tire à l'écart et lui déclare, à voix suffisamment haute pour qu'on n'en perde pas une miette :

— La vieille ville, glandu, c'est Saint-Malo.

— Qu'est-ce que j'en sais, moi ? J'ai vu qu'des immeubles neufs en v'nant de la gare. Même la gare, elle est toute neuve. J'suis sûr qu'elle a été construite après les rails.

Je regrette de n'avoir pas pris ma voiture et je demande à Le Goff s'il aurait le temps de nous amener à Saint-Malo.

Il regarde sa montre.

— Oui, mais tout de suite alors. Je vous y conduis et, si vous voulez, je vous y laisse et je reviendrai vous récupérer en fin de journée.

— Montrez-nous juste où est ce bistro. Ensuite, ne vous dérangez pas, on prendra un taxi. Vous avez sans doute mieux à faire dans votre entreprise.

Le trajet est court, environ trois kilomètres à peine. Le Goff nous stationne dans un parking juste sous les remparts et l'impressionnante mairie. C'est blindé de touristes ! Ceux qui arrivent, en tirant bruyamment leurs valises à roulettes sur les pavés, croisent ceux qui repartent. Pas de temps mort. Nous sommes obligés de marcher à petits pas pour respecter la lenteur des estivants d'avant-saison. Maintenant, avec le réchauffement de la planète, qui ne m'amuse pas du tout, il y a des estivants douze mois sur douze. Un son bizarre dépasse tous les autres, pourtant bien présents : le claquement des tongs de René sur le pavé. Un bruit très arythmique et pas vraiment régulier (ce qui veut dire la même chose) dû à ses difficultés d'évolution. Selon que la semelle tombe à plat ou se torde, l'onde sonore est sèche ou fait *ploc-ploc*. À tout problème, sa solution. Qu'à cela ne tienne, l'ex-gros retire ses sandalettes et se les carre dans la poche arrière de son bermuda. Heureusement, L'Univers nous tend les bras, puisqu'il s'agit d'un des premiers cafés qui se présentent à nous. Ça n'a rien d'un bistro au sens que j'y mets. C'est plutôt un établissement classe avec une vaste terrasse dont la moitié est couverte. On est en Bretagne quand même, hein.

Le Goff, à peine choqué par le folklore de notre collègue, ralentit et me freine en me tirant par le bras.

— Là, le type au coin, celui sur les fauteuils bas. Vous voyez ?

Je vois plein de monde. L'Univers est bondé : des jeunes en bandes, des vieux qui regardent dans le vide, des mémères à chien, des collègues encravatés et, en effet, un type solitaire qui surveille du coin de l'œil le demi qu'il n'a pas encore entamé. J'opine du chef.

— C'est le commissaire principal, monsieur Buan.

Pas l'air commode, le keuf. Je le soupçonne d'être en congé, car sa tenue est très proche de celle de René. En plus civile, c'est vrai, mais très décontractée. Couché à ses pieds, un chien qui n'a rien de policier. Un bichon ou un caniche bâtard, je dirais. Dans les gris sales, peut-être blanc d'origine. Vous pensez bien que, malgré la foule, le gars, qui a du flair, nous a repérés depuis longtemps. Il reconnaît forcément Le Goff. Autour de lui, il y a des places. Ça fait pareil dans les bistros de Vitry ; quand Saint Antoine se pointe, les salles se vident. Il nous fait signe. Impossible de reculer. J'imagine bien que notre présence sur son territoire lui est déjà arrivée aux oreilles. Le vieux, procédurier et protocolaire comme je le sais, a dû l'informer de notre intervention « amicale ». Quand faut y aller, faut y aller. Et ce n'est pas à René qu'il faut le rappeler. Il a capté le signe, pourtant discret, du commissaire, et s'est précipité, tout heureux d'apercevoir un siège libre. J'entends René se déclarer en qualité d'« enquêteur bénévole de la Police nationale ». S'il pense impressionner son nouveau voisin de table, il se fiche le doigt dans l'œil. Loïc ne sait pas sur quel pied danser, alors il se dandine, gêné, en faisant les présentations. Notre va-nu-pieds ne se formalise pas plus que ça en constatant que nous avons affaire au patron de la police locale. Au contraire, il lui resserre la main en lui demandant son petit nom.

— Hugo… Hugo Buan.

L'inconscient se fend la pipe.

— J'ai connu un Hugo, mais c'était Victor qu'il s'appelait.

C'est bien parti. Moi qui cogitais sur la meilleure manière de me mettre les autorités locales dans la poche – car je m'étais promis de rendre visite rapidement au divisionnaire avec la lettre de recommandation de mon commissaire –, je me retrouve un peu déstabilisé. J'ai un goût de « brouillon » dans la bouche. Vaness', le petit doigt sur la couture de son pantalon, est prise de convulsions. Momo regarde dans le vide en direction de l'hôtel Chateaubriand qui nous obstrue la vue. Nous nous installons et, aussi sec, un garçon accourt. Prise de commande et il repart. Le calme revient. René caresse le clébard du bout de son pied en attendant son Perrier rondelle. C'est Buan qui attaque le premier. Il est sur son terrain et c'est à son compatriote qu'il s'adresse principalement :

— T'es un peu têtu, non ? Sans t'en parler, j'ai mené ma petite enquête et, franchement, je ne vois pas ce qui t'affole comme ça. Ton gamin, il a retiré la valve de l'autocuiseur. Il devait étouffer. Il avait besoin de prendre l'air. Dans deux ou trois jours, il va repointer son nez.

— Qu'est-ce qui vous fait dire ça ?

Buan nous examine tour à tour. Sans laisser paraître le moindre signe de ce qu'il pense. Puis :

— Je t'ai dit, j'ai fait ma petite enquête. Ça n'a d'ailleurs pas été compliqué, tu aurais pu faire pareil si tu n'étais pas si borné. Ton môme, il sort avec Jordan. Tu le sais, ça ?

— Je m'en doutais un peu... maintenant.

— Eh bien, Jordan, figure-toi, il a aussi disparu. Et au même moment. Si c'est pas un signe !

8.

Valises à roulettes

Vous parlez d'un scoop ! Nous qui étions venus interroger ce nouveau témoin. Le Goff s'affale au fond de son siège. Le chien – j'ai appris qu'il s'appelait Clark – ouvre un œil et pousse un jappement d'encouragement à l'attention de son maître qui déguste son petit effet. L'Hugo nous re-regarde, tour à tour, comme des misérables. C'est son truc à lui, ça, de balayer le décor pour constater l'impact de ses déclarations. Balayage, scud, balayage, c'est sa technique. Il y a quelque chose de vaguement *poutinien* aussi chez ce bonhomme. Ça doit être la fonction qui veut ça. Sauf que, lui, est à l'ouest. Je suis disloqué dans ma tête en remarquant comment les opinions se forgent. Beaucoup de choses s'expliquent d'un coup sur la marche de ce monde. Ainsi, le flic accueille cette information comme un élément rassurant et, moi, contrairement à lui, telle une nouvelle inquiétante. Je ne sais quoi dire. Clark gratte machinalement son flanc eczémateux d'une patte mollassonne avant de se bouffer les roubignoles. Étranger aux événements. Momo se penche en avant pour faire une déclaration et se renfonce dans son fauteuil en rotin. Vanessa est moins sujette que moi aux compromis et n'hésite pas.

— Vous trouvez ça normal ? Un disparu justifie l'autre selon vous ?

Elle ne s'embarrasse pas avec la hiérarchie, et l'autre, qui sait probablement à qui il a affaire, se raidit. Heureusement que René, finaud, fait diversion. Il lui évite un rapport, un blâme, une mise à pied, la perte de cinq points de retraite et bien des désagréments supplémentaires en disant :

— Si je suive tout bien, vous pensez, monsieur le commissaire honoraire, que les tarlouzes sont parties en voyage de *nosses* ?

L'honoraire est déstabilisé. Il examine le va-nu-pieds de bas en haut et de haut en bas. Le balayage vertical. Celui-là ne devait pas être dans la bande-annonce de son collègue parisien du Val-de-Marne (vu d'ici, c'est pareil).

— Quelque chose comme ça, oui.

— Et comment est-ce que vous expliquez qu'j'ai trouvé ça en pissant dans leurs cabinets ?

Et il pose sur la table basse un portefeuille de grande capacité, comme en vendent les vendeurs à la sauvette africains, que Loïc reconnaît instantanément.

— Mais c'est les papiers de Gwen ! Où vous avez trouvé ça ?

— Dans les chiottes, j'viens d'vous l'dire. Y'a une étagère où je pense que vot' lardon met ses trucs importants. Y'avait aussi des clés, un parapluie accroché. Bref, tous les trucs qu'on met là où qu'on est sûr de les retrouver.

Et il sort un trousseau de clés. Il a négligé le parapluie. Ce salopard préparait son petit effet. Je ne peux pas lui reprocher une efficacité instinctive, mais bien réelle. On aurait l'image, j'orienterais la caméra sur la tronche de Van' et Momo qui nous ont fait le grand jeu des *investigators* professionnels sans rien trouver de plus que des indices comme l'histoire des brosses à dents. Leurs trombines déconfites valent vraiment le déplacement. Buan dirige son pif sur ces pièces à conviction pendant que René porte l'estocade :

— Rassurez-vous, j'sais c'qu'j'fais, j'ai ramassé tout ça avec du PQ. Y'a pas mes empreintes.

Clark, solidaire, se lèche la teub. Un silence de plomb, mais provisoire, fige la scène. Seuls les conversations des tables alentour et le cortège incessant des valises à roulettes sur le pavé viennent le troubler. Mon cerveau est cotonneux. Je perçois le monde extérieur comme une héroïne de thriller qui se réveillerait d'une séance de torture et de viol collectif qui l'aurait occupée les dernières quarante-huit heures : un peu déconfit. Personne ne prend l'initiative de toucher le portefeuille ou le trousseau de clés, mais tous nos regards les figent sur place. Les pensées de chacun ont besoin de se réorganiser, les cartes de se rebattre. Et plus personne n'ose abattre ses atouts. René pavoise tout en essayant de retirer un gravillon qui s'est coincé entre deux doigts de pied. Le Goff tend le premier la main vers les objets, aussitôt stoppé par Buan. Mais peu lui importe, il force le passage et ouvre la fermeture Éclair du larfeuille. Dedans, il y a toute la vie du fiston volage :

ses papiers, son chéquier, ses cartes bancaires, deux préservatifs, sa carte de fidélité au club Cupidon de Rennes, au moins trois mille balles en grosses coupures, un jeton de supermarché, un Millionnaire non gratté, une photo de sa maman, un cure-dents, deux sachets d'Aspégic et trois comprimés de citrate de Bétaïne, un cockring encore sous blister, une barrette de shit entamée et un carnet de timbres. C'est évident pour tout le monde qu'on ne part pas en goguette sans se munir de tout ce petit nécessaire. Et René, l'inventeur, nous sort :

— Sur les clés, y'a pas la bagnole.

Loïc, hagard, pose :

— Gwen n'a pas le permis et pas de voiture.

— Y vient comment dans sa bonbonnière ? En tracteur ?

— Justement, c'est vrai, maintenant que j'y pense, que Jordan le véhiculait souvent. Sinon il prenait le taxi ou se faisait raccompagner par notre chef d'équipe qui vit également à Paramé.

Buan se gratte sa barbe de huit-dix jours. Ça fait *scritch-scritch* et tomber des peaux mortes. Clark s'est rendormi et ronfle bruyamment. Comme une impression que les compteurs se remettent à zéro chez le commissaire. Tout ce qu'il trouve à sortir, c'est :

— Là… évidemment.

Ce qui signifie qu'il va ouvrir le dossier. Ce qui signifie que, nous, on est désormais en vacances et qu'on risque de se trouver rapidement exfiltrés de Bretagne. Quoique, pas sûr. Un bon moment se déroule sous le signe du flottement. Vanessa s'excuse et va faire pipi. Je surprends le regard rêveur de Buan qui la suit en insistant sur le niveau médian de sa verticalité. L'homme restera l'homme et le Breton n'y échappe pas. René titille Clark avec le bout de son pied, puis, s'adressant à son maître :

— Ça vous fout les boules, hein ?

— Dans un sens, oui. Dis, Le Goff, t'as les clés de l'appartement de ton fiston ? Pour éviter de péter la porte quand on ira faire les relevés.

Loïc sort son trousseau de sa poche, en isole une clé qu'il possède en double. Et la tend au commissaire sans aucun commentaire. Il respire, son cas est enfin pris au sérieux.

— Donne aussi l'adresse exacte, poursuit le flic à chien, ça me fera gagner du temps.

Ce qui est fait dans la foulée avec quelques précisions quant à l'utilisation de la clé qui n'ouvre que le verrou parce que la principale a été égarée par le précédent proprio et que le négligent nouveau n'a pas eu, en deux ans, l'occasion de changer le canon. La présence du flic nous gêne tous, sauf peut-être le père qui y entrevoit une lueur d'espoir. Je n'arrive pas à exprimer les idées qui, pourtant, ne se bousculent pas dans ma tête. Buan se lève et remet son clébard sur pattes d'un tirage nerveux sur la laisse. Clark jappe, trébuche et se relève en donnant la direction. On salue le partant qui me demande de passer le voir dans l'après-midi ou demain matin. Il me laisse une carte concave qu'il trouve dans la poche arrière de son futal. Je lui rends la politesse. Entre gens du monde. Et il part avant le retour de Vaness', qui s'étonne :

— Ben, il est où le collègue ?

— Parti en mission. Grâce à moi, précise René, qui se lève à son tour. Bon, ben si on allait visiter cette vieille ville ? On ne doit pas en être loin.

Le Goff s'excuse poliment :

— Je dois y aller. Je vous laisse. On fait comme on a dit…

Je réfléchis et, en ma qualité de chef de groupe, je prends une décision :

— Je vous accompagne. Ainsi je récupère ma voiture et on sera plus autonomes. Vous autres, vous visitez les remparts et on se retrouve à mon retour.

— Tu reviens quand ? se renseigne Momo.

Je regarde Loïc qui confirme mon estimation de trois quarts d'heure. René est ravi.

— Il sera pile l'heure de bouffer.

— Renfile tes tongs et on se retrouve juste là.

Et je leur désigne un petit square devant la porte de la mairie à deux pas de l'entrée de la vieille ville par laquelle on est arrivés. Je suis Loïc qui en profite pour me faire le guide touristique. Je le trouve soudainement détendu. Il commente :

— Ici, on appelle cette porte « la porte des cocus », car c'est la seule de toutes celles qui donnent accès à la vieille ville qui n'est pas recouverte par le chemin de ronde. Les cocus pouvaient donc l'emprunter avec leurs cornes.

Le retour se fait dans le silence, bercés que nous sommes par le ronronnement sourd du V8. Le Goff me dit juste en arrivant à l'entrée du boulevard Thiers :

— Naturellement, ça ne change rien pour nous. Bien que le commissaire semble tardivement s'intéresser à mon affaire, vous continuez. J'ai beaucoup apprécié comment votre femme et votre collègue handicapé ont procédé chez Gwen. Je me suis senti soutenu. J'aime bien aussi l'autre énergumène un peu folklorique, mais qui a plein de bon sens et de bonnes idées. Vous faites une équipe épatante.

Je ne sais pas quoi dire alors je souris en essayant de faire passer de la complicité. Il me dépose juste à hauteur de ma 3008 et fait demi-tour pour regagner son entreprise. D'ici, je ne vois pas si la marée est haute ou basse. Je démarre et reprends le chemin inverse. Pas besoin de GPS, le fléchage est efficace. Je retrouve, à l'instinct, le parking sous les remparts, à l'ombre de la mairie, et mes acolytes qui attendent sagement sur un banc. Et toujours les valises à roulettes qui se croisent en tressautant sur le pavé malouin. Le soleil brille au zénith et une légère brise contribue à rendre tout beau et serein. Je commence à me familiariser avec la topographie des lieux. Je localise bien Paramé au bout de la plage du Sillon. J'ai faim. Pourquoi pas une crêperie ? C'est très local et il y en a toute une enfilade, rue Jacques-Cartier, sous la muraille.

9.

Le chant du coq

Nos agapes ne regardant que nous, je nous conduis directement à la sortie de la crêperie où, malgré cette navigation à vue, nous avons pris quelques décisions. Momo et René, puisque désormais il faut bien compter avec ce dernier, vont retourner à Paramé faire, comme on dit, le voisinage. Ils choisissent d'y aller à pied en empruntant la digue qui longe les plages. Trois kilomètres digestifs. En tongs, je demande à voir, mais ça ne serait pas la première fois que l'ex-gros me surprendrait. Vaness' et moi, nous allons répondre à l'invitation du commissaire et lui rendre une visite protocolaire. Inutile d'y aller en délégation. Je récupère un plan de la ville à l'office du tourisme qui se trouve juste en sortie de la porte Saint-Vincent (porte des cocus pour les intimes) et sur le chemin de nos deux compères qui prennent aussitôt leurs distances pour rallier les plages et leur digue via la chaussée du Sillon. Pour gagner du temps, et bien que le commissariat ne soit pas si loin, nous reprenons la voiture pour nous y rendre. Le parking de la place Duguesclin nous rapproche beaucoup. Le quartier est en mutation et nous marchons sur le boulevard Théodore-Botrel jusqu'à l'angle qu'il fait avec la rue du Calvaire. C'est au numéro 22 (l'ont-ils fait exprès ?) qu'est posé le bâtiment de type industriel en plaques de tôle marron, ressemblant à un hôtel bas de gamme de zone industrielle, qui accueille la flicaille locale. L'entrée, un peu pompeuse, fait juste le coin du boulevard et de la rue. C'est vaste, très, et fonctionnel. On est loin de la légende du papier carbone et des 306 déglinguées de trois cent mille kilomètres qui pourrissent dans la cour. L'État a mis les moyens. Nous entrons pour voir si ce n'est pas simplement une façade telle que dans les films d'Hollywood. Eh ben, non, l'intérieur est à l'avenant. Le délinquant breton est choyé par le contribuable national. Bon, j'arrête, je vais encore me faire des ennemis. Vaste accueil et aucune odeur de charcutaille comme dans nos commissariats de quartier en banlieue. On s'y sent bien. Un comble ! Un grand gaillard vient aussitôt à notre rencontre comme si nous étions attendus. Nous le sommes apparemment. Il nous tend une main convaincue.

— Bonjour. Vous êtes les Parisiens ? Enchanté, je suis le commandant Serge Blafard. Justement j'allais chez Hugo quand je vous ai vus entrer. Suivez-moi, il nous attend.

Pas le temps d'en placer une, nous lui emboîtons le pas rapide. Je défie René de le suivre en tongs. On ne va pas très loin, le bureau du chef est au rez-de-chaussée, près de la base. Un bon point pour lui, ses confrères aiment assez volontiers s'en isoler et accaparer le burlingue le plus éloigné, le plus haut. À la tronche que fait le proprio en nous voyant, quand son collègue s'efface pour nous laisser passer, je ne suis pas vraiment persuadé qu'il nous attendait. Ou alors pas tout de suite. Métamorphosé, le commissaire ! Exit le *ki*[1] poussiéreux et la tenue négligée de plagiste. Costar de cador de rigueur. Il s'est même rasé pour réintégrer son bouclard. Il fait de rapides présentations durant lesquelles il attribue à Vaness' le grade de capitaine. Nous nous regardons, surpris. Puis il nous explique qu'il va confier le soin à son adjoint Blafard de constituer un groupe pour s'occuper du cas Le Goff. Nous apprenons que cette réunion, à laquelle nous n'étions pas conviés, est destinée à organiser les premières opérations.

— Mais puisque vous êtes là, commençons !

Sa méthode est assez rigoureuse, moins soupe au lait que celle de son collègue Saint Antoine. Il est plus jeune aussi, et, sans doute, qu'encore plein de principes appris à l'école des commissaires lui sont restés. Il ne laisse passer aucun doute sur le fait que le patron, c'est lui. Même Blafard, qui en public l'appelle « Hugo », m'apparaît d'une obséquiosité exagérée. Buan nous la fait « maître d'école » en nous collant sur des chaises face à un tableau qui occupe tout le mur du fond de son bureau. Tableau encore vide en haut duquel il accroche à la *Patafix* deux photos format A4. Je devine qu'il s'agit de Gwendal Le Goff qui a vraiment la même tête que son père, et je déduis que l'autre c'est Jordan, le barman. Il confirme en disant :

— Gwen Le Goff et Jordan Le Gouenec. À ce stade, qu'avons-nous, capitaine ?

1. Chien en breton.

Considérant que nous sommes quatre devant le tableau, dont un commissaire divisionnaire, un commandant et un civil, c'est forcément à Vaness' qu'il s'adresse. En aparté, je peux d'ores et déjà, et même plus, vous dire que Vanessa, capitaine ou capitaine en devenir, on éclaircira ça au retour, sera sa seule interlocutrice. Ils sont très corpo dans la police. Je suis présent, mais juste toléré. Ma copine, qui a encore envie de faire pipi, je commence à la connaître, se trouve un peu déstabilisée. Il lui faut quelques instants, qui paraissent une éternité (comme on dit en littérature), pour poser les bases du problème.

— Ben… euh… ils ont disparu…

Je serais même tenté de mettre un point d'interrogation derrière « disparu » tant la belle n'a pas l'air sûre d'elle.

— Voilà, exact ! s'enthousiasme le papa de Clark.

On surjoue un peu, je trouve. Il faut bien commencer par le début, certes. Buan nous réserve quand même quelques belles surprises et je vais en apprendre sur le management. Reste à voir si je vais pouvoir dupliquer ces nouveaux acquis sur Momo. Pas sûr. Il se lève, attrape un attaché-case comme on n'en fait plus depuis les années soixante-dix, un truc en plastique rigide avec deux serrures à combinaison qui font *clac*. Il a des difficultés à ouvrir le côté droit, mais, en bidouillant la molette, il y parvient. Le truc ouvert, d'où nous sommes, paraît vide. Il en sort le butin de René, à savoir le portefeuille et le trousseau de clés. J'avoue avoir perdu de vue ces objets et ne pas m'être rendu compte qu'il les avait escamotés. Vous non plus ? Vous me rassurez. Les deux pièces à conviction sont emballées dans des sachets, type congélation, comme vous en voyez dans tous les téléfilms sponsorisés par *Handy bag*. Nous assistons aux prémices de l'enquête, à l'ouverture en direct du dossier. Une leçon à propos du rôle et de la fonction d'un commissaire qui consistent avant tout à déléguer. Il tend les deux sachets à son commandant et donne ses instructions :

— Vous allez confier tout ça en priorité à l'Identité judiciaire. Vous constituez une cellule d'enquête avec deux autres OPJ, ça devrait suffire. En priorité, vous allez chez Gwendal Le Goff, à Paramé, avec des gars de l'IJ. Deuxième priorité, vous me trouvez à quoi correspondent ces clés. Ensuite, vous foncez chez Jordan Le Gouenec et, pareil, vous fouillez. Il est logé par le patron de L'Univers dans un studio à Saint-Servan, pas loin du bassin Bouvet. Vous aurez tous les renseignements nécessaires dans votre ordre de mission qui est à la frappe.

Il décroche son téléphone et s'enquiert de l'avancement de ce document baptismal. Il repose le combiné.

— Justement, il est prêt. On nous l'apporte.

J'en suis ébranlé sur mes fondations. Personne n'a moufté et, en trois phrases, il vient de donner une orientation efficace au truc. On va servir à quoi ? Et je me vois, un matin au bureau, tenir ce genre de discours à Momo. Intransposable dans le privé. Surtout à mon échelle. Je regarde Blafard qui ne l'est pas tant que ça. Il a l'habitude. Vaness' demande les toilettes. Buan s'étonne que, dans son état, elle ne soit pas affectée à des tâches administratives qui sont, précise-t-il, « aussi utiles que tout le reste dans la bonne finalité des opérations ». Il lui indique les commodités qui se trouvent presque en face de son bureau. Je n'existe pas. Faut que je fasse gaffe de ne pas me retrouver enfermé ici quand tout le monde sera parti. Je pense à Momo et René qui doivent maintenant être arrivés sur zone et qui tentent, sans aucune justification officielle, de faire le voisinage. Blafard repart vers ses missions. Buan me regarde, ou plutôt dans ma direction, en attendant le retour de la capitaine allégée. Il a une autorité naturelle, ce gars-là, que je n'aurai jamais. Dieu merci, je m'aime bien comme je suis. Être important vous prive de la liberté de vivre votre propre vie. Un mecton, très jeune, en uniforme se présente pour dire :

— Le commandant a pris directement l'ordre de mission. Je suis désolé, il ne m'a pas laissé le temps d'arriver ici.

Le commissaire demeure impassible et lui fait signe de dégager. Ce que l'autre fait, heureux de n'avoir pas pris une soufflante en présence d'un civil. Faut bien se dire que le civil est l'ennemi depuis que la flicaille s'est vu attribuer les grades et codes de l'armée. Du temps des inspecteurs, c'était pas pareil. Van' nous rejoint et Buan nous vire. Je ne sais pas si c'est une coïncidence, mais, à chaque fois qu'elle revient des toilettes, il disparaît de notre vue. Il nous raccompagne jusqu'à la sortie. Des fois qu'on serait tentés de perquisitionner les trois étages du vaste bâtiment…

Une dernière recommandation :

— Faites ce que vous avez à faire, je ne veux rien savoir, mais n'entravez pas les actions du commandant. Votre présence étonnerait la direction régionale et, tout aussi certainement, la direction nationale. Il serait dommage que vous perdiez vos derniers galons tout juste acquis.

Menace non voilée qui s'adresse à ma fiancée. Il lui serre la main et me fait un salut militaire avant de tourner les talons. Nous nous retrouvons sur le trottoir à chercher notre chemin de retour quand il nous fait sursauter. Nous ne l'avons pas entendu revenir.

— Naturellement, on est bons amis. Si, par hasard, vous trouvez une ou des informations utiles, vous me les communiquez aussi sec. La réciproque est valable. Vous avez mes coordonnées.

Il me regarde en prononçant ces mots. Je tâte la poche de mon jean et sa carte y est bien. J'opine. Il continue à l'adresse de la capitaine (ça me fait drôle de l'appeler comme ça. Il va falloir que je m'habitue) :

— Donnez-moi votre numéro, au cas où.

Vaness' lui dicte son 06 qu'il enregistre sur son portable. La balle au centre et chacun repart sur sa zone. Nous, ça sera le parking.

10.

Pause détente

On fait un saut de puce puisque nous étions à mi-chemin de Paramé. C'est aisé de s'y garer et je choisis une place d'où j'aperçois l'hôtel de La Rotonde qui se situe en plein cœur de la zone d'îlotage de mes deux compères. Aucune peine pour les trouver, car ils sont attablés sur le trottoir juste devant l'hôtel. Un troisième homme leur tient compagnie. Pour dégoter des glandouilleurs, ils sont fortiches. Le mec est grand, pas mal de son état, un vague look à la Etchebest, l'air décidé. J'entends René :

— Tiens, ben justement, les v'là ! Guillaume, ramène deux chaises, la dame est enceinte, un miracle ! Pas qu'ce soit une Sainte Vierge, au contraire, mais lui, c'est plus l'charpentier qu'j'ai connu. Hein, Momo ?

Nous apprenons ainsi que le type s'appelle Guillaume et, dans la foulée, qu'il est le gérant de l'hôtel. Sa présence me contrarie. Je n'ai pas d'autorité naturelle et elle me bloque pour exprimer mon étonnement de les voir ici plutôt qu'à faire du porte-à-porte. Avec René, heureusement, il suffit de le laisser parler. Momo, galant, se lève pour pousser la chaise en alu sous le cul de Vanessa. Et l'autre nous abreuve de sa logorrhée :

— On a tout fait comme t'as dit. Frappé aux portes des voisins, interrogé les commerçants, etc. Que dalle, *nada* ! Même la voisine du d'ssus, qu'a tout d'une commère et qu'est du genre à écouter aux portes, savait même pas de quoi ils avaient l'air, l'*huîtréculteur* et son Jonathan. Jamais qu'elle les a entendus baiser. T'imagines ? Ça sert à quoi d'êt' de la jaquette si c'est pas pour baiser ? Mais, comme tu sais, heureus'ment qu'Poulette est en croisière…

J'ai du mal à raccrocher les wagons et à comprendre le rapport. Momo se bidonne et semble approuver les déclarations de son binôme. Je pose la question rapport à la croisière de Paulette, et il me répond :

— Ben si ! Sans ça, on n'aurait pas eu une veine de cocus ! Pas toi, Momo, enfin j'sais pas. Figure-toi qu'en rev'nant ici pour changer mes grolles, j'demande à tout hasard si l'taulier y connaîtrait pas, par hasard, nos loustics. Et tu sais quoi ? Bingo ! « *Same player shoot again* », comme elle m'dit toujours ma Poulette. Tellement que des fois ça fait du bien qu'elle parte en croisière. Dis-y, toi, Guillaume, dis-y c'que tu nous as dit.

L'hôtelier se trouve un peu surpris et pris de court par l'abattage de son client. Il veut bien faire ami-ami aux heures creuses pour fidéliser la clientèle, mais il ne s'imaginait pas du tout embarquer dans une telle histoire en acceptant de témoigner.

Malgré tout, après un temps d'observation et de réflexion, il confirme :

— En effet, je connais bien Gwen et Jordan. Gwen parce qu'on est amis depuis l'école primaire, et Jordan puisqu'il lui arrive de faire des extras ici sur ses jours de congés quand il est un peu court. C'est même ici qu'ils se sont rencontrés. Que vous dire ?

J'embraye pour ne pas faire retomber le soufflé :

— Depuis qu'ils habitaient en face, vous les trouviez comment ?

— En réalité, ils n'habitaient pas vraiment en face. Enfin, pas complètement. Déjà ils ne se connaissaient que depuis un an environ. Quand Gwen a acheté, j'étais là puisque c'est moi qui lui ai vendu son appartement. Je l'avais acheté pour avoir la possibilité de désengorger l'hôtel et faire de la location saisonnière. Juste en face de la plage de Rochebonne, c'était une opportunité. Puis, très vite, je me suis rendu compte que c'était compliqué à gérer. Et puis ici, c'est rarement plein. Pour faire simple, j'ai décidé de le revendre et j'en ai parlé à Gwen qui cherchait une telle occasion pour sauter le pas…

— Et pas qu'le pas, précise René en se tenant les côtes.

Guillaume le regarde méchamment. Pas sûr qu'ils restent copains bien longtemps ces deux-là. Je l'encourage à poursuivre.

— L'appartement est souvent vide puisque Gwen passe la majorité du temps chez lui, à Cancale, et que Jordan a le sien. Toutefois, c'est vrai que je les y voyais assez régulièrement.

— Vous les surveilliez ?

Il rigole.

— Non, mais quand ils passaient la nuit ici, ils prenaient systématiquement leur petit déjeuner à l'hôtel. On a un buffet extra pour le prix. Je vous invite à venir le tester un matin.

René rajoute son grain de sel :

— Je vous dirai ça demain matin, les mecs.

Je remets l'église au milieu du village :

— Et ces derniers temps, comment les avez-vous trouvés ? Normaux ? Inquiets ? Y a-t-il quelque chose qui vous a frappé dans leur comportement ?

— Non, rien de spécial. Vous savez, c'était le couple homo typique : soit tout allait bien et ils en faisaient des tonnes pour bien se montrer, soit ils se chamaillaient pour un oui ou pour un non, un regard, un mot, n'importe quoi.

— Depuis plus d'une semaine, personne n'a plus eu de nouvelles d'eux. Ça ne vous a pas étonné ?

— Non… Pourquoi voulez-vous ? Parfois il se passait quinze jours sans que je les croise ici. Il suffisait d'une dispute, d'une rupture. Pas un pour racheter l'autre. Et, aussi, il leur arrivait de se voir chez Jordan. Histoire, peut-être, de brouiller les pistes.

— Leur connaissiez-vous des ennemis ?

Voilà que je me mets aux poncifs, aux tics de la profession. Il s'isole un peu dans sa tête avant de répondre :

— Non, je ne vois pas. Difficile à dire, car, en réalité, je ne connais pas les gens autour desquels ils gravitent.

— Quand les avez-vous vus pour la dernière fois ?

— La veille ou le jour de leur disparition.

— Comment pouvez-vous être si affirmatif ?

Tout moi, ça, essayer de déstabiliser le témoin là où il conviendrait de faire le contraire. Guillaume me lance un regard qui signifie un truc comme : « Tu commences à me gonfler, trou du cul », mais explique :

— Ils sont venus, la semaine d'avant, une fin d'après-midi. On a bu un coup et ils m'ont informé que je les verrais tôt le lendemain pour le petit déjeuner. Ce qui était exceptionnel. Habituellement, ils étaient plutôt « grasse mat' ». Ils m'ont juste dit qu'ils devaient passer une nuit blanche et décoller tôt le lendemain matin. Depuis, je ne les ai pas revus. J'ai pensé qu'ils avaient dû partir sans déjeuner. Ce sont vos collègues qui m'ont appris qu'on les cherchait.

J'ai beau gratter, la coquille est vide. Je demande quand même si c'est bien le verbe « décoller » qui a été utilisé. Ça pourrait être une piste. D'où décolle-t-on dans la région ? Mais Guillaume ne se souvient pas et il s'attribue l'expression. Il rajoute même que Jordan est phobique de l'avion. Un véhicule de flics se gare devant l'immeuble des tourtereaux. Puis un deuxième. On les a en ligne de mire. Spot idéal pour les observer sans attirer l'attention. Ils sont cinq en tout et je reconnais la haute silhouette du commandant Blafard. Les deux de la seconde voiture s'équipent sur le trottoir. Ce sont, à coup sûr, les gars de l'IJ. Une fois *scaphandrés* et avec chacun une valisette en main, ils s'engouffrent dans l'immeuble. Deux des trois autres leur emboîtent le pas et le dernier reste à l'extérieur pour filtrer les entrées. Nous passons en mode éclipse, car il n'y a plus rien à voir que celui qui surveille les abords. Notre conversation a été interrompue à la faveur de cette diversion et nous ne mouftons plus. Nous regardons rien ne se passer. Hypnotisés par la porte du bâtiment. Nul n'entre, nul ne sort. Mon téléphone vibre. C'est Loïc qui propose, « si on a terminé », de le rejoindre pour vingt heures, au Goéland, sa cantine. J'accepte sans me montrer trop explicatif. Pas envie que René se joigne à nous. C'est pas sympa, mais je préfère éviter d'avoir à le ramener après le dîner ou, pire encore, que Le Goff lui offre un hébergement. J'en ai ma dose aujourd'hui. Souvent les choses se font d'elles-mêmes. Vous l'avez constaté vous aussi ? Pendant que je vous raconte ça, mon intrus est en grande interrogation auprès de son logeur à propos du menu du soir. Le péril s'éloigne, car je le vois sourire. Et justement, il s'adresse à moi :

— Euh… Cicé… Tu m'en voudras pas, mais j'suis un peu fatigué et j'préfère grailler seul ce soir ici. Et pis, Poulette risque de m'appeler après la lecture de Faucult. Et comme c'est, faut pas s'voiler la face, pour des vioques, ça risque d'êt' pas tard. Faudrait pas qu'elle croive que j'suis en Bretagne, vu que j'y ai pas dit que j'y étais.

Je fais le contrarié pour la forme, mais je réponds :

— Bon, ben écoute, je comprends. C'est raisonnable. Faudra juste que les goélands ne braillent pas trop pendant la conversation.

Cette évocation sonore lui tord les boyaux, mais Guillaume lui redonne de l'espoir.

— On a du double vitrage acoustique.

— Ça fait fuir les mouettes ?

— Non, mais on ne les entend pas.

Mine de rien, cet intermède fait passer le temps, presque agréablement. Les choses bougent un peu plus bas sur le boulevard de Rochebonne. Blafard est dehors. Il fume une clope et remplace son collègue qui faisait le planton. Puis tout le monde ressort. Les deux déguisés se remettent en civil, les équipages se renfilent dans leurs voitures et la délégation redémarre, toutes sirènes hurlantes. Je trouve le bazar un tantinet exagéré pour parcourir les cinq cents mètres qui nous séparent du commissariat. Les jours rallongent et on n'a pas vu celui-là passer. Dix-neuf heures s'affichent sur l'écran de mon smartphone. Le temps de se saluer et de rentrer doucement par le chemin touristique, nous devrions être, grosso modo, à l'heure pour le dîner. René demande : « On fait quoi demain ? » Je lui donne sa matinée et nous convenons de nous rappeler en tout début d'après-midi pour aviser.

— Ça tombe bien, j'ai une vague cousine qu'habite dans l'coin. J'l'ai retrouvée sur Badoo avant d'partir ici et elle est pas contre qu'on fasse connaissance.

— Elle ne bosse pas le mardi matin ?

— Non, vu qu'elle est handicapée. Pas comme toi, Momo, hein ! Elle, c'est mental. Mais ça m'gêne pas. J'préfère ça plutôt qu'elle ait une guibolle en moins comme ça arrive des fois aux handicapés.

Mon air atterré ne lui échappe pas. Il ne veut pas que je me fasse du mouron.

— T'inquiète, j'ai fait mon enquête. Elle a que des avis positifs sur Badoo. Et une tripotée en plus !

Affaire à suivre. Vaness' part faire pipi et nous embarquons. Retour par la côte : Rothéneuf, pointe du Grouin et Cancale.

11.

Détente

Pour terminer une journée telle que celle-ci, j'avoue qu'une soirée au restaurant sans René, c'est… Comment dire ? Un peu comme une session parlementaire à l'Assemblée nationale sans nos représentants LFI. C'est calme et serein. Ouaté même. N'y voyez pas une critique de nos valeureux élus insoumis, dont je compte pas mal d'électeurs parmi mes lecteurs. Non, pas du tout ! Mais faut reconnaître que terminer la soirée sans conneries, ça repose et prépare à une nuit réparatrice. J'ai aussi par ailleurs des lecteurs RN, des En Marche, des à l'arrêt, des qui se cherchent, et même, probablement, des LR, des écolos (toutes obédiences confondues), des communistes, quelques socialistes et, cela va sans dire, des Divers droite, des Divers gauche et des centristes parmi lesquels, sans aucun doute, des UDI. Et je les aime toutes et tous. Ce que je n'aime pas, c'est les chapelles et que mes idées m'arrivent toutes formatées dans le bec, d'un bureau politique supérieur qui les mâcherait à ma place. C'est nettement moins blindé qu'hier soir au Goéland Boiteux. On est lundi et les excursionnistes du week-end sont rentrés dans leur moins belle région. Déduction logique sinon ils y resteraient. Je trouve Le Goff ambigu. Je m'explique : il est soulagé que son souci principal du moment ait enfin été pris en charge par les autorités et que celles-ci semblent y mettre les moyens. Simultanément, il est bien conscient que le temps perdu n'augure rien de bien fameux à propos du pronostic, et des idées noires sont forcément en orbite autour de sa tête en tentant, une à une, d'y rentrer. D'où cet air mi-figue mi-raisin qui ne quitte pas son visage buriné par les embruns et le sel des marées. Momo est loquace ce soir. Je n'ai pas noté ce qu'il avait pris en apéritif, mais ça devait être costaud. Il a l'éloquence ralentie et empâtée. Pas encore Bourvil et son eau ferrugineuse, mais il s'en approche. Il bouffe des huîtres et les fait passer au vin blanc. Désinhibition totale. Je le surveille du coin de l'œil. Ouf, il reste cohérent et me rend bien service, car je n'ai aucune conversation ce soir. Je n'ai pas noté non plus ce qu'avait pris Van', mais je la trouve plus coquine que bavarde. Un peu d'alcool ajouté aux hormones qui font des petits. Elle est en face de moi et son pied nu est sur ma chaise à tenter quelque chose. D'où, automatiquement, ma concentration *out* et mon manque d'observation. J'écoute donc. Momo et Loïc débriefent entre deux huîtres pour le premier et une victoire à la tenaille sur une araignée de mer géante pour le second. Je n'apprends rien, mais ça me met les idées en ordre. J'y cherche un fil conducteur pour demain qui sera, certes, un autre jour, mais qui va vite arriver. Le pied d'en face me trouble, me gêne, et en même temps, je ne fais rien pour le repousser. Ne soyons pas hypocrite, je fais plutôt tout pour le capter, l'inspirer. Je desserre discrètement la ceinture de mon jean, car il commence à y avoir un souci de confort. Voulant éviter le pire (ou le meilleur, c'est selon), je recule brutalement ma chaise. Vanessa, dont le pied a heurté une barre transversale sous la table ne peut réprimer un cri. Les regards convergent vers elle, inquiets.

— Ça va, c'est rien. Il a bougé! C'est la première fois.

Momo, qui a perdu ses filtres et sa passivité, interroge:

— Et ça fait si mal que ça?

— Non, la surprise… Je ne m'y attendais pas.

Je resserre ma ceinture après un petit temps de récupération et je reprends là où j'en étais dans mes bulots. Je ne sais pas trop comment organiser mes coquilles. Pourtant il n'y en a pas plus de vides que de pleines quand mon assiette bulots-crevettes m'a été présentée. Vanessa trie quelques arêtes de sa dorade avec la méthode d'une légiste et me jette un œil furibard où je lis très nettement: « T'es pas drôle! » Pas drôle, c'est vrai, et vous le pensez tous, mais je tiens à conserver une démarche digne en sortant d'ici. Surtout si on se retape, comme il en est question, la balade digestive d'hier soir. On prend vite des habitudes balnéaires. Ayant recouvré une forme civile, je peux me concentrer sur la conversation. Momo, tout embrumé qu'il soit, ne perd pas le fil et émet une idée intéressante:

— Vous nous avez dit que votre fiston n'avait pas le permis et qu'un de vos employés lui servait de taxi de temps en temps…

— Oui, c'est vrai. Généralement le vendredi soir et le lundi matin quand il prenait son week-end. C'est Corentin Da Cunha, un de nos chefs d'équipe.

— Vous avez beaucoup d'équipes ?

Le Goff se marre.

— Non, pas vraiment. Mais faut bien donner le change à nos plus valables et efficaces gars. C'est les fidéliser de leur offrir des promotions et des galons. Un peu comme dans l'administration. Si bien que j'ai deux chefs d'équipe à l'effectif et le reste, c'est des saisonniers ou des temps partiels. Notre activité n'est pas réellement une profession de main-d'œuvre. Un peu comme les vendanges, si je peux comparer. En emplois à temps plein, je n'ai que ma secrétaire et mes deux chefs d'équipe. Le reste de l'effectif ça va, ça vient selon les besoins. Et puis j'ai Gwen qui s'occupe plus des débouchés, de la partie commerciale où il s'éclate. Il a souffert d'être le « fils du patron » au début, et puis il a fait sa place. Marcher dans la vase et retourner des paniers n'ont jamais été une vocation chez lui. Peut-être parce qu'il est comme il est.

Chantal débarrasse elle-même. Ses saisonniers à elle sont de repos le lundi. Une perturbation, une respiration. Momo ne perd pas le fil pour autant.

— Verriez-vous un inconvénient à ce qu'on s'entretienne avec ce Corentin ?

Un peu pompette, il est obligé de chercher ses mots, mais ceux qu'il trouve ont du style. Non ? Il précise :

— Sans doute cette complicité, qui est née à la faveur de leurs trajets communs, aura-t-elle permis l'échange de quelques confidences.

— Oh, vous croyez ? Pourquoi pas ? Attendez, je vérifie.

Il sort un calepin de la poche intérieure de sa vareuse, qui est accrochée sur le dossier de sa chaise, l'ouvre, suit les lignes du bout de l'index.

— Demain matin, ils ne seront pas sur les parcs avant onze heures. Donc entre neuf et dix environ, il sera au dépôt pour la préparation. Passez dans ce créneau et je vous le présenterai. Vous pourrez discuter avec lui. Mais je vous préviens, c'est un rustique, le gars.

Que veut-il dire par là ? Il sera bien temps demain de s'en préoccuper. Le dîner traîne légèrement en longueur comme si on attendait la nuit pour un feu d'artifice sur la baie. Chantal se joint à nous pour le dessert. On lui fait une place près de son homme officieux. La conversation se fait plus éparse. On quitte notre sujet pour parler chacun un peu de soi, faire connaissance. Je n'aime pas cet exercice où j'aurais tendance à me décrire tel que j'aimerais me connaître. Et les autres, c'est pareil ! On échange des anecdotes dont la plupart sont enjolivées, déformées, améliorées, spectacularisées voire inventées. Le pire, dans l'exercice, c'est Momo, toujours un brin évaporé, qui raconte MES exploits. D'un heureux hasard, il fait une stratégie, d'une modeste réussite, une victoire. Il montre, il me montre, une certaine admiration dont je ne me doutais pas. Vaness' est la moins diserte. Elle écoute Chantal lui relater ses accouchements, ses difficultés et ses bonheurs. Chantal a eu deux enfants qui sont bien grands maintenant. L'aîné, qui lui en a fait tant voir durant son adolescence, est aujourd'hui gérant du Super U de Saint-Breloc'h et il est question qu'il passe du supermarché à l'hypermarché. La marche est haute, et rien n'est encore moins sûr, mais la maman y croit. Sa fierté visiblement. La seconde, qui est une fille (on s'en serait douté), a été plus facile – « les filles, c'est plus facile » –, n'a pas l'ambition de son frère, mais quand même… Elle est vendeuse, en CDI, s'il vous plaît, au Bricorama de Dinan où elle gère le rayon « arrosage ». Elle n'ira guère plus loin, selon sa mère, mais c'est déjà une satisfaction et un soulagement de ne pas la voir traîner comme les filles de son âge, le ventre à l'air et les faux cils au vent. Loïc écoute en hochant la tête ou en haussant les épaules. Il n'a rien à raconter devant nous qui sommes les envoyés de sa frangine restée au bled. Il s'emmerde, c'est flagrant. La nuit commence à tomber doucement et l'air fraîchit. C'est lui qui propose :

— Si on ne rentre pas directement, faut y aller. Sinon, on ne va plus y voir dans le sentier des Hauts de la Houle.

Résolution immédiatement adoptée par Chantal qui se lève en faisant mine de nous chasser : « Oust, oust ! j'ai encore du boulot ! » La familiarité s'installe. On se fait des bises. Momo ânonne un compliment qui surprend, sortant de sa bouche. Le Goff fait un détour en cuisine pour saluer je ne sais qui. Le soleil, qui se couche derrière nous, c'est un comble pour la Bretagne, balance des ombres magnifiquement longues sur le quai et des reflets fantastiques sur la baie. Les parcs sont recouverts de clapotis multicolores. Pour un peu on se croirait dans un livre de quelqu'un d'autre. De rares touristes traînent sur le bord de mer. Une échoppe du marché aux huîtres est encore éclairée. Juste le doux bruit de la mer qui respire et quelques éclats de voix. Les chiens sont de sortie. C'est l'heure de lever la patte une dernière fois avant de rentrer. Nous allons, silencieux, dans le sens opposé à notre destination. Jusqu'à atteindre la boucle qui nous fera faire demi-tour sur les hauteurs. Vanessa est tendre, mélancolique. À quoi pense-t-elle ? Je n'ose pas lui parler, la déranger, l'arracher à ses rêveries. Je profite. Des odeurs enfouies montent du chemin, fleuries, végétales et iodées. C'est l'heure où le granit sent quelque chose. La nuit est presque totalement tombée et les toits d'ardoise, sous nous, font comme une masse noire et uniforme. Nous prolongeons un peu le sentier, par rapport à hier soir, pour arriver plus près du centre-ville. Loïc, notre guide, justifie le détour :

— Par ici, c'est mieux éclairé.

La fin de la promenade sera urbaine et nous amènera en haut du boulevard Thiers. Fin de journée, fin de chapitre.

12.

Le chef d'équipe

Je ne sais pas l'expliquer, mais cette ambiance matinale dans l'entrepôt Le Goff me ramène à des sensations de l'enfance. Je ne vois pas quoi, je le ressens tout simplement, malgré la longue période qui me sépare de mes jeunes années de fils de mère célibataire, immigrée et banlieusarde. Mes fondamentaux n'ont rien de maritime. Sauf un souvenir diffus de pêche à la ligne avec cet homme pittoresque sans savoir qu'il était mon père. Sans doute un souvenir intra-utérin. Sans doute. Sinon je ne vois pas. Il y a quelque chose dans l'air. Je regarde les équipes laborieuses qui sont mobilisées au tri et à la confection des bourriches destinées à partir chez les clients. On ne perd pas son temps en attendant que la marée ait terminé sa course monotone de descente. Le patron est là et ça ne moufte pas. Les gestes sont mécaniques. Tout est encore fait manuellement. J'imaginais une sorte de tapis roulant avec des trous de plus en plus gros pour le calibrage des dociles bestioles qui se laissent faire sans barguigner. L'équipe est mixte, jeune et belle. La jeunesse, il n'y a que ça de vrai. Les jeunes sont l'avenir de l'homme. Plus que la femme, sauf la jeune. Vaness', Momo et moi, on fait tache dans ce décor. Il n'y a pas de place pour nous, inutiles spectateurs. Nous perturbons. D'autres images me reviennent : la visite d'une fabrique de cigares à Cuba où les ouvrières me lançaient de sales regards provocateurs. Et je les comprends. Quel spectacle que le labeur des autres ? L'arrivée, d'on ne sait où, de Corentin Da Cunha, chef de culture, me recale à ma place et dans mon temps présent. Loïc lui serre la main en lui donnant du « chef » long comme le bras. Il applique à cent pour cent sa théorie de management. L'autre biche. Comment vous dire ? Être cadre dans l'ostréiculture, c'est pas comme ailleurs. Pas du tout même. Le chef mesure un mètre cinquante à vue de nez. La répartition n'est pas ordinaire ni harmonieuse. Il a un buste de géant et les jambes de Mimie Mathy (n'y voyez aucune critique irrévérencieuse, mais juste une échelle). J'ai l'impression que ses mains énormes peuvent lacer ses pompes sans qu'il ait besoin de se baisser. Un chef aux bras longs. Pas sûr qu'il aime les étrangers non bretons, encore moins les parigots, malgré un patronyme qui interroge à propos de sa lignée régionale. Mais comment touche-t-il les pédales quand il conduit pour véhiculer Gwen ? Je vous jure, c'est la première question qui me vient. J'éprouve comme un vertige pour éviter qu'elle ne sorte spontanément. Avec ses bras, il est obligé, c'est fatal, de reculer le siège. Mais alors, les pieds ? C'est bien le diable s'ils dépassent de l'assise. Momo a compris mes freins et agit en lui tapant dans le dos. Corentin regarde l'absence de bras de mon compère et cette constatation doit quelque part avoir pour effet de créer une certaine solidarité. On se croirait un peu chez Barnum. Manque juste René. Da Cunha sourit en offrant une dentition parfaite. Sa fierté, j'imagine. C'est vrai que bouffer des huîtres matin, midi et soir, ça n'abîme pas les dents. Et le citron, ça détartre. Les hésitations, les regards qui se croisent confèrent du mal à l'aise à l'ambiance. Le chef nous fait signe de le suivre et on se retrouve dans un cagibi qui pue au-delà de l'imaginable, presque du supportable quand on n'a pas l'habitude. Vaness', sensible de par son état, est prise de nausées et réclame les toilettes. Le Goff, qui ne pipe pas, profite de l'accompagner pour nous fausser compagnie. Je ne vais pas retranscrire, comme ma probité m'y pousserait, le dialogue dans son intégralité. Vous croiriez que je me moque encore. Car le ramage est à la hauteur du plumage. Je vous dis souvent que Momo est un taiseux. Eh ben, à côté de ce type, il pourrait prétendre à une place sur le podium d'un concours d'éloquence. Je n'arrive pas à définir exactement dans quelle langue il s'exprime. Raclements, onomatopées compensés par une gestuelle plus convaincante. Le tout ponctué de « m'sieur Gwen ». Incontestablement, il aime bien son collègue du marketing. Momo tente en articulant, et à chaque fois, Corentin le regarde, lui montre son moignon et se fend en deux. C'est là que je regrette de n'être pas accompagné par René. Pour interpréter les cons, il a un doctorat. Si je vous dis qu'il ne sort rien de cette audition, vous me croyez ? *La Guerre du feu* sans les sous-titres. Beaucoup de bruit pour rien. De temps en temps, trois ou quatre syllabes s'alignent au prix d'un effort qui se lit sur le visage du témoin. Je guigne Vaness' qui reste en retrait à l'entrée du local. Bonne raison pour écourter la cacophonie. Je remercie, à la coréenne (mains jointes et buste penché), l'énergumène qui arrive à articuler ce que je prends pour : « Heureux d'avoir pu vous aider. » Le sens est là en tout cas. On sort du gourbi et nous sommes quittes pour aller nous changer. Et jeter nos affaires. Je pense qu'elles sont fichues. Un qui biche, malgré les circonstances, c'est Le Goff. La première question qui me vient, quand il nous récupère, est :

— Mais il conduit quoi, comme bagnole ?

— Un vieille Daf automatique aménagée pour cul-de-jatte.

La marée est bientôt basse et, dans la cour, les deux tracteurs tirant leurs barges ont démarré. Les saisonniers sont installés. Chaque chef mène son équipage. Je renonce à comprendre comment Corentin conduit le sien, mais c'est lui qui prend la tête du convoi. À marée basse, l'ostréiculteur *ostréocultive*, tradition immuable depuis que l'huître est huître. Le Goff s'excuse, mais il a rendez-vous avec les représentants de la centrale d'achat des Mousquetaires. Il se justifie en insistant sur le fait qu'il doit remplacer son fiston à qui cette attribution commerciale revient d'ordinaire. Il propose de nous rapprocher de sa maison pour que nous puissions récupérer ma voiture et démarrer nos investigations. A-t-on le choix ? Nous grimpons dans le Dodge. En chemin, court heureusement, il s'intéresse à la méthode que nous allons mettre en place. Si seulement j'en avais une idée ! Je reste évasif. Momo suggère que nous commencions par nous renseigner des avancées de la police. Je trouve la démarche pertinente puisque Buan nous a lancé une perche dans ce sens. « Le premier qui a quelque chose informe l'autre. » Loïc est pressé et ça m'évite d'avoir à développer. Il nous dépose. On descend. Van' va faire pipi pendant que Momo et moi l'attendons dehors. Quelques scrupules mal placés me viennent. Est-il normal de calquer notre intervention sur les évolutions de nos collègues fonctionnaires locaux ? Heureusement que nous avons convenu d'un forfait, car je me vois mal présenter une facture à la fin de l'histoire. Je regarde l'heure. Déjà presque onze heures et demie, le temps passe trop vite. René appelle :

— Vous mangez où ? J'ai fini avec la cousine. J'te raconterai, elle est pas handicapée de partout. J'sais pas d'qui elle tient dans la famille. Par contre, pas très causante. Tu m'diras, pour c'qu'on a à s'dire quand on fait c'qu'on a fait.

Il me saoule tout en me fournissant la voie à suivre.

— On te récupère à ton hôtel et on avise.

— Nickel ! Ça m'laisse le temps d'aller m'laver les ratiches, j'ai encore un drôle de goût dans la bouche…

Je raccroche avant la suite des détails que je redoute comme pas très ragoûtants. Je confirme le projet aux deux autres qui ont tout entendu. Aucun enthousiasme ne se lit sur leurs visages résignés. Ils préfèrent suivre plutôt que commenter. Et du fait qu'ils dépendent de moi, leur docilité n'est pas une option. J'emprunte la voie directe. Pas celle, bien plus belle, qui longe la mer. L'intrus nous attend sur une chaise sur le trottoir. Devant lui un Perrier et… merde ! À côté de lui, dans son alignement, ce qui explique qu'on ne la découvre qu'au dernier moment, une bonne femme complètement tarte que j'identifie tout de suite comme la cousine talentueuse. Quelques cheveux camouflés par une cagoule façon « Jamaïque », débardeur élimé et de couleurs indistinctes sur une peau parcheminée et cramée par le soleil, quelques tatouages ridicules mais qui ne tuent pas, un short douteux que des fesses plates ont du mal à remplir, un mont de Vénus, en forme de ballon de foot, d'où s'échappent quelques poils grisonnants et collés qui viennent respirer à l'extérieur. Le piercing du nez pendouille sur la lèvre supérieure qui ressemble à une cicatrice de césarienne. Pour les tatanes, oublions, cousine marche nu-pieds grâce à une épaisseur de corne équivalente à une semelle de rangers. Les lunettes, sales, de travers. Je comprends pourquoi : il lui manque une oreille. Le voilà, le handicap ! Je me souviens approximativement des paroles de René : « Ça s'voit pas, c'est mental. » Ça se voit quand même, même si le handicap mental fait une complémentarité indiscutable. Une nana comme elle, même mère Teresa la lourderait sans autre forme de procès. Juste un discret signe de croix d'accompagnement et oust ! René, assez intuitif comme garçon, vous avez dû vous en apercevoir, perçoit bien la gêne qui s'installe.

— Faut pas croire tout c'qu'on voit. Regardez Villani, il est bien prof de math et y passe à la télé.

Comment lui donner tort ? Mais, malgré tout, il y a une marge. En plus la cousine a les genoux éraflés et soignés au mercurochrome. J'opte pour ne pas poser de question à ce propos. Elle se lève, pousse un grognement, roule une pelle à son bienfaiteur du jour et part en direction de la plage. Ses pas font *clap, clap, clap* sur le bitume du trottoir. De dos, elle pourrait faire illusion, car on ne voit pas ses seins dont j'éviterai une évocation précise. Laissez aller votre imagination. C'est fait pour ça aussi la lecture. René a juste le temps de lui lancer :

— On s'appelle, j'repars pas tout de suite.

Il se tourne vers moi.

— On repart quand, au fait ?

13.

Douce France

Momo, chez qui l'air iodé finit par faire son effet, sort de ses gonds. L'évocation d'un retour collectif a agi comme la goutte d'eau de trop.

— C'est qui, cette roulure ? Ta cousine ? Remarque, ça ne m'étonne pas.

René, un peu décalé du sens commun, n'y voit que des interrogations banales et se prête volontiers à la conversation.

— Oui, une cousine ! J'en suis presque sûr. Elle s'appelle Josette La Dèc'h. C'est une Malouine de mère en mère. Pour les pères, y sont pas sûrs. Et depuis le Moyen Âge, si tu veux tout savoir.

— Et ça suffit pour t'en faire une cousine ? T'es malouin ?

— Non, quimpérois par ma mère et bourguignon par mon vieux.

— Et alors ?

— Et alors, j't'explique : du côté d'mon père,

en Bourgogne, on a un cousin qui s'appelle Joseph Le Déchet. Tu piges ?

Haussement d'épaules incrédule et regard hagard de la partie adverse. Le généalogiste continue sa démo :

— Josette La Dèc'h et Joseph Le Déchet, me dis pas que c'est une coïncidence. Moi, j'ai fait tout de suite le rapprochement quand j'ai vu son profil dans Badoo.

— Et la Bourgogne d'un côté, et l'Ille-et-Vilaine de l'autre, ça ne t'a pas fait tilt ?

René hésite, réfléchit et se lance :

— Si, tu penses bien. Alors j'ai été consulter un généalologue, un type qui s'y connaît en ancêtres. Il m'a dit que les Le Déchet de Bourgogne et les La Dèc'h d'ici, ils avaient un ancêtre commun au Moyen Âge, en Touraine, pile à mi-chemin. Tu vois, c'est bien la preuve. Il a même remonté l'histoire de ce Gaétan de Fond de Poubelle, qu'était un peu noble à l'époque. Eh ben, le gars, tu m'croiras si tu veux, il avait une résidence secondaire à Rothéneuf. C'était rare à l'époque. Et il venait ici comme nous quand qu'on va, maintenant, en Thaïlande pour faire du tourisme de cul. Comme y v'nait en carriole, fallait qu'ça soit moins loin qu'Bangkok. Il était pote, il paraît, avec l'abbé Fouré, qui portait bien son nom, ce con. T'as qu'à d'mander, l'abbé il est connu du monde entier parce qu'il sculptait les rochers d'la côte. Vu qu'il avait droit à rien d'autre rapport à sa confession. Et l'tonton, tu penses bien qu'il s'emmerdait. Y v'nait pas d'Touraine pour se flinguer les doigts avec un marteau et un burin. Alors, pendant qu'l'aut' taillait la pierre, il allait tailler la bavette en ville et, de fille en aiguille (qu'est-ce que je vous disais plus haut ?), arriva c'qui devait arriver : l'ancêtre de ma cousine. Comme, selon le spécialiste, y voulait pas que ça se sache, vu qu'il était noble, y z'ont changé le nom de Fond de Poubelle en La Dèc'h, avec une virgule en l'air pour faire local comme ça se faisait ici. T'en dis quoi ?

Moi, je pense que ça se tient. Si, bien sûr, on pratique le René couramment. Pas Momo qui a probablement eu le temps de lire les guides touristiques du coin, le soir avant de s'endormir.

— L'abbé Fouré est né au XIXe siècle.

— Tu mégotes. Tu s'rais pas mauvais perdant ? Qu'est-ce ça peut foutre ?

— Le Moyen Âge et le XIXe, quand même… Et puis quel est le lien entre Le Déchet de Bourgogne et le de Fond de Poubelle de Touraine ?

— Je sais pas et j'en ai rien à foutre. Moi, ce que j'ai à foutre, c'est Josette. Point barre ! Et pis, si on n'est pas cousins, ça évite les mômes déformés par la…. J'trouve plus l'mot.

— Consanguinité. Mais ta Josette doit être ménopausée.

— Raison d'plus !

Cet aparté historique, pour didactique qu'il soit, nous éloigne de notre sujet. Je fais un signe du plat de la main pour stopper l'échange. Les spécialistes et autres doctorants auront la charge de vérifier ce pan de notre histoire nationale. Il y a matière. Nul doute que ça lèvera le voile sur bien des mystères non encore éclaircis. Ne serait-ce que savoir pourquoi les preux chevaliers de l'époque n'allaient pas en Thaïlande et s'emmerdaient à aller asticoter les habitants de Jérusalem. Ça nous révèle quand même qu'il n'y avait pas que le roi qui avait des résidences secondaires. Ça, je l'apprends. Guillaume, le gérant, attiré ou gêné par le brouhaha sur son trottoir, s'amène :

— Votre table est prête, messieurs-dame.

— J'avais réservé des fois qu'y aurait plus d'place. On n'est pas en saison, mais on ne sait jamais, nous précise René qui nous précède.

Là ou ailleurs, de toute manière je n'étais pas inspiré. Nous ne sommes pas dérangés par la foule. Deux autres tables sont occupées. Chacune par un couple. Le premier, des Belges égarés dont le monsieur fait banquette en raison de sa largeur. Il leur faut une table de quatre. Et son bide oblige à la décaler très nettement. Si bien qu'il est éloigné au possible de sa moitié, qui paraît ravissante, face à lui. Ils ne peuvent pas se parler sans crier et ça tombe bien, ils n'ont rien à se dire. René ne cesse de reluquer Annie Cordy (je ne sais pas comment elle s'appelle, alors je lui donne ce nom générique). Il n'a pas eu sa dose ce matin ? Il m'étonnera toujours. L'autre table, un couple aussi, mais des cyclotouristes aussi ascétiques que ridicules. Ils font bien la paire. Monsieur, moule-bite noir et chaussures à cliquet, s'inquiète de tout : du gluten, du sucre, de la provenance, de la traçabilité, et j'en passe certainement étant donné que j'évite d'écouter ce qu'il raconte. Madame, moule-bite aussi mais pour fille et chaussures de cycliste sans cliquet, est moins compliquée mais très solidaire. Ils viennent de Cancale comme nous où ils *rbnbitent*. Tout cet attirail pour faire dix bornes ? Des aventuriers des temps modernes. Les émotions fortes ne leur font pas peur. Ils parlent peu. Je devrais écrire « il parle peu ». Un couple sur le tard qui partage une même passion pour ne pas se médire eux-mêmes. Ils ont dû s'en raconter des exploits communs et imaginaires avant de se croiser dans la vraie vie. Alors, forcément, faut assumer. Surtout dans les débuts. Ils se sourient et leurs sourires veulent tout dire : ils s'emmerdent. Guillaume, patient et très pro, répond à chaque question, chaque attente. Il est seul au service et il maîtrise. Pas de temps mort, de la fluidité. C'est bon, copieux et agréablement présenté. Je vous laisse le choix de ce qu'il y a dans les assiettes. C'est ma force, rapport à mes confrères et concurrents, de vous laisser un rôle. Vous êtes mes invités. Le déjeuner ne s'éternise pas. J'ai le sentiment que le serveur enchaîne à dessein pour que nous libérions sa salle au plus vite. Tout en gardant le sourire. Quand René mange, on ne l'entend pas. Momo, on ne l'entend jamais. Vaness' n'ouvrira la bouche que pour réclamer le chemin des toilettes. Ma première femme enceinte en mission. Il va falloir que je m'habitue. Je n'ai pas le choix. Le couple de cyclistes est sur la ligne de départ un peu avant nous. Sans gluten, sans rien, les repas passent plus vite. Forcément. Monsieur paye, avec des Chèques-Vacances, et les deux moule-bites se retrouvent en selle. Bon débarras ! Il existe des gens comme ceux-là dont la seule présence dans mon périmètre perturbe tous mes sens. Je ne suis plus moi, faut que je les épie, que je ne les quitte pas des yeux. C'est plus fort que moi. Le Belge a pris du retard. Après avoir terminé l'entrée d'Annie, il engloutit son plat principal qu'elle n'a qu'à peine touché. Je comprends maintenant pourquoi c'est lui qui a choisi pour tous les deux. Donc, obligé, leur déjeuner dure plus longtemps. René se lève et va s'adresser en catimini à Guillaume. Puis il revient, souriant. Au fond, sous ses airs un peu cons, il a le cœur sur la main. Je le remercie pour l'addition et son tact.

— Pas du tout, qu'il me répond. T'y es pas du tout. J'ai juste demandé si le gros et sa dulcinée, y z'étaient pensionnaires à l'hôtel. Vu que j'tenterais bien quelque chose avec sa blonde, comme on dit là-bas.

Je me disais aussi… En plus, avec cette déclaration, il a perdu tout le bénéfice de la surprise. Une chance pour lui que notre voisin de table ne sait rien faire d'autre pendant qu'il mange. Il n'a rien entendu. Par contre, la mère Cordy est rouge comme un hortensia. Je métaphore local car elle a des reflets violacés que n'ont pas les pivoines. René appuie ses propos par des œillades non équivoques et des petits mouvements de langue prometteurs et prometteuse. Il est sous le charme et la dame commence à trouver la Bretagne belle. Comment il fait pour ne pas se prendre de râteaux ? Si je me fie à l'accent du mâle, nous avons affaire à des Flamands francophones. René a une idée. Sur le coup, j'ai pas bien pigé, mais je vous raconte ça en connaissant la suite. Il commande une seconde tournée de cafés qui « seront pour moi » et adresse des mimiques quasi hypnotiques à sa future proie. Il se relève et file très ostensiblement et lentement vers les toilettes qui se trouvent tout au bout du bar. La Flamande s'essuie le bec avec sa serviette, s'excuse en flamand et se lève à son tour, l'air de rien. René, un quart d'heure plus tard, boira son café froid. Annie, décoiffée, a le pan arrière de sa robe d'été pris dans sa culotte. Ravissant. Elle se rassoit avec précaution. Son homme, ne la voyant pas revenir, lui déclare avoir mangé sa glace parce qu'elle fondait. À mon tour de me lever… pour payer. Un instant, j'ai cru percevoir un léger mouvement de levage chez notre voisine qui découvre la France. Mais non, elle se repose sur sa chaise en me regardant me diriger vers la caisse. Suivi de peu par son mari. Guillaume, qui n'a rien perdu du psychodrame, me demande si tout s'est bien passé et encaisse. Je réclame une fiche pour ma comptabilité. Le Flamand ne paye pas, mais se contente de signer un ticket qui viendra s'ajouter à sa note en fin de séjour. Nous sortons et, faute de QG, nous nous réfugions dans ma voiture. Une légère averse colle la poussière au sol. René, qui n'est pas un perdreau de l'année, nous raconte son exploit :

— J'y ai fait un échantillon, comme une sorte de panorama, à la table 12.

Il n'a pas retenu le prénom de sa copine de chiottes, mais son numéro de table. C'est donc plutôt un homme de chiffres. Écoutons la suite puisque vous en mourez d'envie :

— Elle est pas bégueule et j'aime ça. J'vous passe les détails pask'il y a une dame et qu'on n'a pas eu l'temps de tout finir dans les règles de l'art, mais ça promet. Pas pareil que la cousine, mais bien aussi. Elle m'a dit que son bonhomme prenait des somnifères et dormait avec des boules Quies dans les esgourdes à cause qu'on est juste au-dessus d'un croisement et des motos des p'tits cons qu'arrêtent pas de la nuit. C'te nuit, elle va y mettre une ou deux pilules de plus dans sa tisane et elle me rejoindra pour qu'on peaufine.

14.

La témoin qui nous sauve

J'ai trouvé bon de changer de chapitre pour faire baisser la tension. Entassés dans ma voiture, il pleut toujours, et de la buée opacifie les vitres. Je ne parviens pas à réfléchir. J'ai envie d'appeler Buan, mais les autres, tout autour de moi, m'en empêchent. Pour téléphoner, il me faut du calme. Et c'est encore René qui débloque la situation. Je me demande même si ça n'était pas une erreur d'amener les deux autres. Pour Vaness', c'était un peu obligé vu mes œuvres, mais pour Momo, il brille par son absence. René donc :

— Tiens, au fait, la cousine, elle connaît bien le fils de votre marin. Et son pote serveur aussi. Quand j'lui ai dit que j'étais en mission spéciale par rapport à la disparition de ces deux hermaphrodites, elle a eu une drôle de réaction : elle m'a retiré d'elle. Vrai qu'j'aurais pu lui parler d'ça à un aut' moment, mais je cherchais des trucs pour pas jouir trop vite. Alors j'y ai dit c'qui m'passait par la tête.

J'me suis r'trouvé à l'air libre comme un con. J'ai dû m'finir à la main pour pas perdre l'élan. Surtout qu'elle m'posait des questions qu'avaient plus rien à voir avec ses « encore, encore, tiens bon » de juste avant. C'était des qui j'étais vraiment, d'où j'venais, c'est quoi cette histoire, etc. Que, si ça s'trouve, j'étais même pas son cousin, que j'avais tout inventé pour abuser de son instinct familial, que si j'avais pas été son cousin elle aurait été plus réservée. J'ai été obligé de lui reparler de Joseph Le Déchet pour la rebrancher. On a r'commencé tout doucement comme si on devait refaire connaissance. Il a fallu qu'elle soit *repute* pour qu'elle remette ça sur le tapis. Remarquez qu'à cause de tout ça, j'ai pas eu l'éjaculation d'Écosse, pas besoin d'penser à aut' chose. Au contraire, il fallait que j'pense à des trucs avec Paulette pour retrouver de la ressource.

— Tu pourrais synthétiser et revenir à Gwen, s'énerve Momo en sortant de son mutisme.

— Ben… Elle m'a dit qu'elle l'avait vu au moins deux fois depuis l'jour que j'y ai dit qu'il avait poudré l'escampette. Et elle a été précise. Une fois, seul, aux rochers sculptés du père Fouré, le pote de notre ancêtre de Touraine, et une autre fois avec le patron des chantiers navals Surcouf. Ils s'engueulaient sur le quai, pas loin du chantier. Elle s'est même approchée d'eux pour leur parler, mais, maintenant que j'lui en cause, elle a trouvé bizarre que not' bonhomme, le fiston du Goff, lui ait tourné le dos et soit parti comme un voleur. Comme s'il voulait pas être vu. Elle a juste échangé quelques mots avec l'autre qui pouvait pas faire autrement, vu que c'est aussi une sorte de cousin pour elle. Voilà, c'est tout.

Je suis évidemment interpellé et suspicieux. Peut-on faire confiance au témoignage de la créature que j'ai aperçue en arrivant ? En même temps, j'en aurais très envie.

— Elle est sûre que c'était après la disparition ?

— Oui parce qu'elle est sortie de prison juste au début de la semaine dernière. Pour pas grand-chose, une erreur judiciaire. Elle avait volé trois mille balles à un touriste, mais comme il avait pas les numéros des billets, c'était sa parole contre la sienne. Eh ben, tu m'croiras si tu veux, mais, dans c'pays d'merde, c'est les honnêtes gens qu'on croit pas. En vrai, elle a pas été en centrale. C'est celui qu'on a vu au rade, le flic au clébard, qui l'a enchristée de son propre chef, facile puisque c'est lui le chef, dans une cellule de dégrisement au sous-sol du commissariat pendant huit jours. J'veux pas en dire plus, mais j'suis sûr que lui aussi, c'est une sorte de cousin. À c'qu'elle m'a raconté sur les abus de pouvoir qui s'passent dans ce cachot. Si tu comptes comme moi, au moment où les deux pédales sont sorties du circuit, elle était sous le joug, et pas que, de ce tyran.

Là, ça se bouscule. Les idées s'entrecroisent, apparaissent, disparaissent, reviennent furtives et se recachent. J'ai, comme vous, j'imagine, deux priorités, voire trois : parler au commissaire Buan, avec des moufles par-dessus mes gants, aller voir du côté du chantier Surcouf et faire un tour vers les rochers du curé. Si la ravissante Josette dit vrai, nous avons un nouveau témoin en la personne de ce patron de chantier naval. Surtout si le commissaire confirme cette incarcération à ces dates. Mon idée, qui était de discuter avec le flic, est devenue une fixation. La pluie a cessé. J'ai une seconde pour me débarrasser de mon encombrant duettiste. Je cherche l'adresse des chantiers Surcouf. Super, c'est sur le bassin Duguay-Trouin, avenue Louis-Martin exactement. Pas loin du commissariat. Je propose... Que dis-je? J'impose donc à Momo et René de les déposer vers l'hôtel de police et d'aller y faire un tour. Sans intervenir du tout, juste prendre la température. Pendant ce temps, Vanessa et moi allons attaquer le baron local. Décision entérinée à main levée (pas très honnête de ma part, considérant que Momo n'en a qu'une). Par souci de bienséance, j'appelle Buan pour solliciter un court entretien, en prétextant que, par hasard, nous sommes à proximité. Je sais que débarquer à l'improviste, chez un tel ponte, n'est pas un gage de réussite. Je suis bien placé pour le savoir avec Saint Antoine. Buan, royal, nous l'accorde à condition que nous soyons là dans les dix minutes. Le mardi après-midi, il aurait, selon lui, son cours de Babington. Plaisante-t-il? Je n'en sais rien. Nous faisons donc comme j'ai dit. Je démarre, nous roulons, et je dépose les deux mecs à une distance raisonnable du commissariat. On se donne rendez-vous dans une heure à proximité de Surcouf.

— Comment on s'retrouvera? s'inquiète René.

Je ne réponds pas. Mon rêve secret étant, un jour, de pouvoir le croiser quelque part sans le reconnaître. Nous rejoignons le commissariat à pedibus. Cent mètres tout au plus. Les formalités d'accès sont plus provinciales qu'à Vitry. On s'annonce juste.

— Vous savez où c'est, le patron vous attend.

Salut militaire et *basta*, on est dans la place! Quelques pas vers le fond de l'établissement. La porte du burlingue est grande ouverte et Buan se lève pour nous introduire. En tout bien tout honneur. Je le trouve en forme et un soupçon moins revêche qu'hier. Il se fait à la présence de ces Parisiens dans son monde. D'autant mieux qu'il ne semble pas nous tenir en haute concurrence. Il attaque direct, sûr de notre réponse, et ouvertement ironique :

— Vous avez déjà du nouveau ?

Pour la peine, puisqu'il le prend comme ça, il ne saura rien. Je n'aime pas trop qu'on se fiche de mes capacités devant celle qui va devenir la mère de mon enfant et se trouve être, en plus, une collègue à lui. Je négative de la tête. Quand on ment, inutile d'employer des mots qui pourraient vous être rappelés plus tard. Il irradie d'un sourire qui le transforme totalement.

— Et de votre côté ?

— Oh là, doucement ! J'ai fait procéder à des relevés hier en fin d'après-midi. Chez les deux disparus. Pour l'instant, on n'a pas grand-chose, mais attendons les résultats d'analyses. Le trousseau de clés correspond, comme je m'y attendais, à celui de l'appartement de Saint-Servan où loge Le Gouenec. Sinon Blafard et ses gars n'ont rien trouvé d'inquiétant. Souvent les disparus laissent derrière eux leurs papiers, leurs médicaments, leurs téléphones. Bref, plein de trucs qui mettent la puce à l'oreille et indiquent qu'ils ne sont pas partis de leur plein gré. Là, rien ! Chez le jeune Le Goff, on voit bien que c'était un pied-à-terre, un baisodrome comme l'a subtilement mentionné Blafard dans son prérapport. Très peu d'effets personnels, pas de papiers administratifs, un frigo quasi vide. Chez Jordan, c'est plus classique, mais tout est en place. Aucun désordre, rien.

Je l'écoute en réfléchissant en même temps à la meilleure manière d'introduire Josette dans la conversation. Il prendrait mal qu'après lui avoir dit n'avoir rien de nouveau, je la sorte sans précaution de mon chapeau. Vaness' est attentive et ronge son frein. Elle aussi doit élaborer une stratégie dans ce sens afin de couper l'herbe sous le pied de la gaffe qu'elle me croit capable de faire. Elle presse discrètement ma cuisse pour que je la ferme. Elle hésite un peu :

— Dites… Monsieur le commissaire principal…

Vous verriez l'Hugo, il aurait des plumes au cul qu'il ferait la roue. Faut dire que ma copine a usé d'une voix carrément *fipienne* (celles et ceux qui écoutent FIP comprendront) pour le flatter ainsi. Il ouvre même un bec qui tendrait à prouver que ce sont bien ses propres dents qu'il renferme. Van' continue son hypnotique *minaudage* :

— Ça n'a naturellement rien à voir avec notre affaire, mais mon patron m'a parlé de vos méthodes innovantes pour traiter la petite délinquance. C'est une plaie, dans le Val-de-Marne, dont il ne se sort pas…

Je me demande bien quel chemin elle est en train de prendre. Va-t-elle s'en sortir elle-même ? Elle a bien compris qu'elle doit nettement l'endormir avant de rentrer trop dans le dur. Il boit du petit lait, alors elle en abuse :

— Nous allons d'échec en frustration. La justice ne nous aide pas. Nos malfrats font des roues arrière en scooter volé, devant notre commissariat, avant même qu'on ait terminé de taper le rapport de leur arrestation. Ça devient impossible.

Le divisionnaire compatit tout en jouissant.

Le malheur des uns, surtout dans la police… Il est aux anges. Damer le pion à un Parisien qui opère en zone sensible où, d'après lui, un véhicule brûle toutes les cinq minutes, une vieille se fait violer dans un hall d'immeuble toutes les trente secondes et les pickpockets poussent des caddies tellement ils sont actifs, n'est pas pour lui déplaire. Encore quelques mots et sourires, et il sera mûr, notre corbeau.

— Je ne savais pas si j'allais oser vous demander, mais…

Elle s'interrompt stratégiquement laissant notre commissaire au bord de l'orgasme. Cible atteinte cinq sur cinq.

— Franchement, vous touchez un point sensible. Et si, dans la maison, on ne peut pas se donner des tuyaux, et surtout des bons, entre collègues, où va-t-on ? Mais franchement, je ne comprends pas quel talent vous me prêtez…

Il abuse du mot « franchement » comme tous les baratineurs. Il est bien parti. Ma capitaine, puisque semble-t-il son grade l'attend pour notre retour, porte l'estocade :

— Ce sont souvent les petites choses toutes simples qui ont les meilleurs résultats. En discutant sur le forum de Keuf&keufe.com (un site qu'elle invente, mais qu'il ne peut reconnaître ignorer) avec un collègue de chez vous…

Là, ça l'embête que les collègues de chez lui s'épanchent sur un site dont il n'a jamais entendu parler. Son autorité en prend un coup, mais il avale la pilule. Bien forcé. Elle est maligne, la Vaness' ! Il ose juste un :

— Quel collègue ?

— J'ignore son nom, vous savez très bien que ce forum fonctionne de façon anonyme. Mais son pseudo est « Perdreau35 ». Vous voyez qui c'est ?

Comment avouer son ignorance qui frise presque à de l'incompétence ?

— J'ai ma petite idée.

15.

C'est l'chantier

Je laisse dire tout en me faisant le plus inconsistant possible. La tension monte légèrement. L'équilibre est fragile. Je regarde, par la fenêtre, un ouvrier municipal qui vaporise du désherbant dans le caniveau où des herbes folles se sont nichées sans autorisation des services compétents. Hugo est sous anesthésie. Gwen et Jordan sont loin. Il est un peu ailleurs. Déjà virtuellement préparant la prochaine réunion des effectifs où il aura quelques pendules à remettre à l'heure. Je l'ai vu écrire subrepticement *Keufetkeuf* sur le coin d'un document qui traîne sur son bureau. Il lui faut des biscuits et ça tombe bien.

— Il vous a dit quoi, ce collègue ?

— Pas grand-chose, notez bien. Je lui parlais de nos soucis avec nos petits délinquants. Comme je viens de vous le dire. Et il m'a raconté que vous parveniez à court-circuiter la justice. Il m'a donné l'exemple d'une clocharde que vous auriez emprisonnée dernièrement, de votre propre autorité.

Une multirécidiviste qui aurait, selon lui, compris la leçon. Là, pour le coup, la prison aurait eu une action pédagogique sur elle. J'avoue qu'on n'a jamais osé. Ni même pensé à le faire d'ailleurs. Bravo à vous!

Buan ne passe pas des instants agréables. Il devient suspicieux et il faut tous les sourires béatement admiratifs de Vanessa pour le maintenir sur la ligne de flottaison. Il ne sait plus trop sur quel pied danser. Un peu comme si son cours de Babington avait commencé. Il est ennuyé, mais je suis certain qu'il ne voit pas le loup dans l'histoire. Ma compagne lâche l'étreinte.

— Sincèrement, vous êtes couillu, si j'ose dire. Je pense que si davantage de fonctionnaires avaient un si haut sens de leur mission, bien des problèmes n'existeraient plus.

Il est bien persuadé de l'être, couillu. La preuve: il n'a pas cherché à vérifier la présence de ses objets intimes. Il nous manque encore une confirmation et, innocemment:

— Comment vous faites?

— Votre « perdreau » exagère un peu. Disons plutôt que c'est une méthode expérimentale. N'allez pas croire que c'est la règle ici de remplir nos cages sans l'aval du parquet. Je veux bien reconnaître pour cette personne, qui n'est pas une clocharde, c'est même presque une proche, raison pour laquelle je me suis permis de tester cette thérapie carcérale.

— Vous l'avez gardée longtemps?

— Six ou sept jours. Pas plus. On ne pourrait pas généraliser ce genre de pratique, faute de moyens. J'ai dû assumer personnellement les frais de bouche de la personne.

— Et depuis ? Elle n'a pas récidivé ? Elle avait fait quoi ?

Questions tous azimuts pour perdre l'interlocuteur. Et ça fonctionne. Dans la foulée, il se montre plus spontané dans ses réponses.

— Vol à la tire… récidivé ? Ben non, elle est sortie en début de semaine dernière, elle n'a pas eu le temps. Mais, malheureusement, elle récidivera… Peut-être puis-je espérer une abstinence plus longue. Et encore, c'est pas sûr. Elle finissait par apprécier l'hébergement. Vous voyez, rien n'est simple. On croit tenir des solutions et…

Confirmation actée ! Nous pouvons donc considérer le témoignage de Josette comme pertinent. Je n'écoute plus. Vaness' rassure Buan avec des mots banals qui le ramènent doucement à une réalité plus confortable. Elle joue l'indifférence, cette clocharde ne l'intéresse plus. Elle n'y pense déjà plus. Si le commissaire le permet, elle se gardera bien d'évoquer la méthode à son propre patron. Elle suggère d'attendre un échantillon plus représentatif pour tenter d'exporter la manière en banlieue parisienne. Buan se détend, cesse de piétiner nerveusement. Je fais l'impatient qui a autre chose à faire.

— Vanessa, tu ennuies monsieur le commissaire avec tes histoires. On n'est pas là pour réformer la Police nationale et nous avons déjà bien abusé du temps de notre ami.

Je représente le sauveur. Buan m'attrape chaleureusement la main tout en me tapant dans le dos et nous entraîne vers la sortie en nous assurant que nos visites sont toujours les bienvenues et qu'on continue à se tenir informés mutuellement. « On travaille main dans la main », nous sert-il en guise d'adieu. L'air extérieur est rafraîchi par la pluie qui a cessé. D'après le GPS de mon téléphone (eh oui, c'est Elvira qui m'a montré un jour que je cherchais mon chemin dans Paris avec elle !), le chantier naval est à même pas cinq cents mètres. Nous laissons donc la voiture sur son parking et rejoignons la zone par le boulevard de la République. Enceinte ou pas, Vaness' a plus d'allonge que moi. Elle m'essouffle. Il n'y a pas le feu puisque nous sommes largement en deçà de l'heure annoncée aux frères Karamazov. Si vous allez un jour à Saint-Malo, vous ne pouvez pas rater cette entreprise à l'activité emblématique. Une énorme enseigne surmonte le bâtiment : « Surcouf, le chantier qu'on surkiffe ». En fait de chantier, ça ressemble plus à une boutique de rafiots pour plaisanciers du dimanche. Un grand panneau décrit les occasions en magasin avec toutes leurs caractéristiques. Le bateau de loisir, c'est un peu comme le vélo d'appartement : on n'en veut un et, très vite, on ne sait plus quoi en faire ni où le caser. Un vrai boulet. Nous ne nous approchons pas trop pour ne pas nous faire remarquer. Je cherche mes deux gugusses, d'un regard circulaire, tel un chef indien en haut de son canyon. Absents du paysage. En me retournant, j'aperçois une route portuaire qui longe le quai Surcouf. Un tintamarre effroyable rythme le temps. On se croirait à un concert d'AC/DC. Je tire ma… comment dire ? Pacsée, voilà c'est bien, ça fait un moment que j'y pense, on va se pacser en rentrant… vers le quai et son boucan. La route, déserte, fait un coude. Juste après le virage, une grue est occupée à charger un énorme tas de ferraille diverse et rouillée, pièces de fonderie, carcasses industrielles, etc., dans une barge qui attend la cargaison pour larguer les amarres. C'est impressionnant et assourdissant. Un camion de pompiers surveille l'opération et un petit groupe de badauds égarés regarde, tout en mitraillant la scène, le pauvre grutier au boulot. Parmi eux, vous l'aurez deviné, Laurel et Hardy en personne. René a, à ses pieds, un truc informe, graisseux dont je ne distingue pas l'utilité. Dans le bruit ambiant, notre arrivée, par-derrière, les surprend. Je leur fais signe de s'éloigner un peu et nous nous écartons de la scène. Le chargement se termine et nous ne perdons donc rien. On longe des entrepôts qui paraissent désaffectés mais qui ne le sont pas. Quelques-uns, ouverts, nous révèlent des tas de matériaux qui ressemblent à du sable ou à une merde chimique quelconque. René se trimballe son bazar qui semble peser son poids. Il en chie l'athlète et éprouve le besoin de se justifier :

— J'en cherchais une, figure-toi. Et v'lan, c'est là que j'la trouve. *Incroyabe*, non ?

Franchement, je ne vois pas de quoi il s'agit ni à quoi ça peut servir. Un pied de parasol ? Il lit dans mes pensées.

— C't'une culasse de Berliet. T'en trouves pas. Où alors faut ach'ter le camion entier dans une casse.

— T'as un Berliet en panne ?

Momo, qui connaît l'histoire, se fend la gueule. Van' boude. Il y a des moments où sa vie n'est vraiment pas un rêve.

— T'es con ! Nan mais r'garde.

Il repose son butin au sol, le retourne.

— T'as vu ? Une fois nettoyé, ça fait comme des coupelles. C'est con qu'il y a plus les soupapes, mais j'mettrai du Sintofer pour boucher les trous.

Je renonce à comprendre, mais le bonhomme a de la suite dans les idées.

— J'ai vu ça chez un pote. C'est super, sur une table basse, pour mettre des gâteaux apéritifs ou des cacahuètes ou des olives ou du chorizo. Enfin, c'que tu veux. Ça fait industriel et c'est à la mode. Paulette va être super jouasse. Berliet, ça devient rare et les coupelles sont plus grosses que la 404 du pote. C'qu'est con, c'est que Berliet, ça va être écrit à l'envers. Mais j'ai mon idée. J'y mettrai une glace en dessous. Pas con, hein ?

Momo se lâche :

— Dommage que t'aies pas trouvé le bloc-cylindres, ça t'aurait fait un beau casier à bouteilles.

— Tu m'aurais aidé à l'porter ? Non ? Alors ta gueule.

Faut pas croire, mais René sait faire la part des choses et gare à celui qui se fiche de lui. Le seul intérêt de son objet décoratif, c'est que ça le bride. Il se tient tranquille. Vaness' est assise sur une bitte. Je la prends en photo avec, en arrière-plan, un vieux galion et le château. Le manchot me fait un compte-rendu :

— On a repéré les lieux sans en avoir l'air. C'était vite fait. L'avenue Louis-Martin est passagère mais, de ce côté-ci, les docks, c'est hyper calme. Les touristes ne viennent pas y promener leurs Canon. On peut imaginer tous les trafics qu'on veut. Je pense qu'on ne s'économisera pas d'interroger la pouffiasse.

C'est évident, malheureusement. Comme on dit, on doit parfois remuer la merde. Et puis j'aurais quelques questions à lui poser avant d'attaquer le patron du chantier. Déjà, ça serait bien d'avoir son nom à cet artiste qu'on surkiffe. J'aimerais aussi qu'elle soit plus précise sur la chronologie. Si elle avait une idée des dates et si les rochers sculptés c'était avant ou après Surcouf. Et les heures approximatives. En gros, terminer le boulot avec ce témoin inespéré. Je demande à René s'il sait comment recontacter sa cousine. Pas facile, car elle a vu à la télé qu'on pouvait la géolocaliser avec les téléphones qu'elle vole. Alors elle n'ose pas les mettre en marche. Et elle n'a pas les moyens de s'acheter un prépayé comme ils disent de faire à la télé. Ça serait con de s'en payer un alors qu'elle collectionne les téléphones volés qu'elle allume pas. Je vous retranscris à peu près ses mots. Mais, coup de bol, ils doivent dîner ensemble ce soir dans sa piaule.

— Et ta Belge ?

— La 12 ? Ça sera pour après, elle est obligée de bouffer avec son gros parce qu'ils sont mariés sous le régime de la communauté et qu'elle peut pas lui coller les somnifères dans l'apéro.

Belle organisation que tout adultérin lui envierait.

16.

Tant qu'il reste l'amour

Je regarde l'heure. Trop tôt pour un dîner en amoureux, des deux cousins improvisés, dans les vapeurs de cambouis. Je nous regarde. Trop nombreux pour s'entasser dans la cambuse néo-nuptiale de l'artiste déco-récupérateur. Vaness', qui me connaît mieux que vous toutes et tous réunis, suggère :

— Comme tu dois interroger la demoiselle, je ne pense pas qu'il soit utile que nous participions, André et moi (tiens ? Elle l'appelle par son vrai prénom ? Comme son commissaire).

Je regarde André-Momo qui acquiesce en hochant la tête tel le bouledogue articulé sur la plage arrière de la 203 de vos grands-parents. Elle a raison et j'attends la suite.

— On a le temps que tu nous redéposes à Cancale et que tu reviennes. Largement.

René, qui n'en perd pas une :

— Bonne idée, mais tu me jettes à mon hôtel en y allant. Je vais essayer de nettoyer ma culasse dans le lavabo. Et pis, Josette, elle arrive à six heures. Vu qu'on voulait s'mettre en bouche avant de grailler. Tu débarques à six heures et je te laisse un quart d'heure. J'ai un timing serré ce soir à cause de la 12 qu'était pas prévue au départ.

Je l'écoute à peine, mais je le reçois cinq sur cinq. Vanessa enfonce le clou :

— Ça me permettra de fouiller un peu les fichiers de la police à propos des protagonistes. Autant qu'on aille visiter le chantier Surcouf avec quelques informations préalables.

C'est vrai que je néglige trop les tâches administratives de ce genre qui sont pourtant déterminantes dans le succès d'une opération. Pas de la bonne école, né trop tôt, j'ai pas les réflexes. On se raconte tout ça en marchant vers le parking où j'ai laissé la 3008. La culasse trouve sa place dans le coffre où j'ai eu l'idée lumineuse d'étaler un carton. René déposé avec son barda, nous filons vers Cancale par la route directe. Je demande à Momo ce qu'il compte faire. Il va aller profiter de la marée haute et du marché aux huîtres pour s'en envoyer une douzaine, accompagnée d'un verre de vin blanc, et faire des ricochets avec les coquilles vides. Un vrai vacancier. Au prix où je le paye, il aurait tort de s'en priver. Je ne coupe pas le moteur à l'arrivée. Je donne juste les clés de la maison, dont je suis dépositaire, à Vaness', et fais demi-tour. J'ai une bonne heure avant d'affronter l'horrible femme des mers et une idée me vient : faire un crochet par ces fameux rochers sculptés de Rothéneuf. C'est sur mon chemin en prenant par la côte. Et c'est fléché. Donc je ne perds pas de temps à trouver le site et le parking. Première surprise, les rochers se situent sur une propriété privée qui appartient à un restaurant, Le Benetin, plutôt genre chicos, polo Lacoste et pull en cachemire posé sur les épaules. Deuxième surprise, il y a des horaires et c'est payant. L'ermite a été rattrapé par la société de consommation. L'endroit, inaccessible si on ne passe pas par la guitoune du gardien et si on n'acquitte pas une modeste somme, est très sauvage. Je paye et je m'engage sur un sentier escarpé qui part sur la droite. Un autre arrive de ma gauche et je devine qu'il fait la boucle pour le retour. J'ai juste le temps d'une brève découverte pour mon plaisir personnel. Le lieu est étonnant. Pas grand monde, mais je suis un peu choqué de voir que les rares visiteurs grimpent sur les œuvres, s'assoient dessus pour se faire immortaliser à coup de selfies. J'imagine la scène en pleine saison en considérant que la promo va bon train dans toute la région. À ce rythme-là, il n'y aura bientôt plus une seule sculpture à admirer. L'érosion et ces mauvais traitements ont déjà fait leur œuvre. Nombre de sujets ont l'apparence de ruines. Je ne m'attarde pas. Je reviendrai. Nous reviendrons. Selon ce que me dira Josette tout à l'heure. Je me suis fait une idée pour les questions pratiques : parking, horaires et tarifs. Cette prévisite nous épargnera le risque de nous casser le nez. Il est plus que temps que je fasse les quatre ou cinq kilomètres pour rejoindre René dans sa suite. Finalement, je me repère bien et l'hôtel de La Rotonde m'attend à un carrefour. Je me stationne juste en face. René fait les cent pas devant l'entrée annexe. Il a fait un effort vestimentaire. Ça sent le grand jour. Bermuda écossais non délavé, tee-shirt imprimé imitation crocodile et sandales en vrai cuir. La classe à Dallas sur mer! Tellement que c'est lui qui me repère et m'interpelle:

— Cicé, elle est pas encore là. Viens ici, on va passer par la porte de service.

— T'as peur pour ta réputation?

— Non, pour la sienne. Elle est connue dans le quartier.

Je n'en doute pas un instant. Connue et ponctuelle puisque la voilà qui descend, juste à notre hauteur, du porte-bagages d'une mobylette pilotée par une gamine qui a fait de la provocation une certaine *way of life*. Je n'ai guère le loisir de la détailler et je le regrette. La fumée bleue qu'émet sa monture la rend insaisissable visuellement. Par contre, Josette, qui est occupée à rouler une pelle à mon ami endimanché, j'ai le temps. Et je le regrette. Je n'avais pas vu qu'elle avait une telle tignasse, dans les roux-blonds-blancs-mauves, qu'elle a tirée en arrière et fixée avec un joint orange de bocal de terrine de foies de volaille. Sa jupe, taille haute, sous les seins qui passent nettement par-dessus, épouse ses formes approximativement féminines. Autant la taille est haute, autant le bas aussi. Avoir voyagé sur un porte-bagages explique peut-être qu'on devine ou imagine un string très estival. Le haut est sobre, une sorte de gilet en grosse laine très artisanal. Elle aussi a fait un effort. Je le vois au rouge vif du vernis de ses doigts de pieds parfaitement assortis à ses tongs. Peu en harmonie avec l'élastique des cheveux, je vous l'accorde, mais il est difficile de considérer les deux zones en même temps. Comme elle ne m'attend pas, elle ne me prend pas pour autre chose qu'un quidam lambda sous le choc. Elle a l'habitude. Surtout avec les Parisiens de passage. J'ai l'impression que la « mise en bouche », évoquée par mon ami, a commencé sur le trottoir et j'interviens. Une petite tape sur l'épaule de René qui retire aussitôt la paluche qu'il avait glissée sous le pull de berger de sa bergère. Il m'avait oublié.

— Ah oui, qu'il fait.

Chassant une main, qui m'est inconnue, de son bermuda, il remet en place ses attributs en phase précoce de démarrage. Josette me regarde en passant la langue sur ses lèvres gercées par un lourd tribut payé à l'amour de ses prochains. Je suis sûr qu'elle s'imagine que je suis en quelque sorte la surprise du chef, la cerise sur le gâteau. Il lui faut un petit délai, qu'elle met à profit pour me tester l'entrejambe, afin de réaliser qu'elle se fourvoie. Les choses, sauf les miennes qui sont assez bêtement instinctives, se remettent dans l'ordre, et René annonce :

— Restons pas là, on pourrait nous remarquer.

Ah bon ? Qui ça ? L'attroupement qui s'est spontanément formé sur le trottoir d'en face ? Certains prennent déjà des photos. Il vérifie que le patron est occupé à l'autre bout de son bar et nous pousse dans le couloir pour nous exfiltrer de la vue extérieure. Nous grimpons, en silence, l'escalier qui nous mène au premier étage. Ne dit-on pas que le meilleur moment, en amour, c'est la montée de l'escalier ? Ben là, non, je vous assure. En tout cas, pas pour moi. J'ai une impression coupable et désagréable qui m'ankylose les mollets et les genoux. Nous débarquons, en surnombre, dans une chambre proprette qui jure avec ses occupants occasionnels. René me répète que j'ai dix minutes. Il précise :

— T'en as déjà dépensé cinq sur le trottoir.

Josette a retiré son pull qui la gratte et c'est donc topless que l'interrogatoire débute. Impressionnant ce que la nature, dans sa générosité, peut faire. Elle a des aréoles surdimensionnées qui me créent une pollution visuelle. Même si je tente de la regarder dans les yeux. Les mots ne me viennent pas. Josette ôte sa jupe « pour pas la friper, c'est une copine qui me l'a prêtée ». Mais où avais-je vu un string? Mon imagination me jouera toujours des tours. Le pire, c'est que je bande. Pas très franchement, mais quand même. Je voudrais vous y voir. René me montre un réveil vintage qu'il a installé sur la table de nuit. Faut que j'attaque ou que je parte. Je me lance :

— Chère madame, votre cousin, qui est un ami à moi, m'a dit que vous aviez aperçu Gwendal Le Goff la semaine dernière.

Elle regarde le cousin avec un air de « c'est quoi que c't'embrouille ? », écarte un peu les jambes pour se ventiler l'accélérateur de parties cul, et me confirme :

— Le p'tit con ? Oui, et alors ? Vous en êtes ?

Bon commencement. Je corrige la méprise en abattant une carte que j'estime décisive.

— Non, juste qu'il a disparu et que nous sommes chargés de le retrouver, ainsi que vous en a informée René.

— Bon débarras !

— Racontez-moi quand même ce dont vous vous souvenez. Quand, où et avec qui ?

Elle se gratte le maillot en lançant un regard impatient à René qui est déjà, à ma grande surprise, en slip et qui me remontre son réveil. Il lui fait signe de répondre.

Elle pige que plus vite elle m'aura renseigné, plus longue sera l'extase apéritive.

— J'l'ai vu mardi ou mercredi dernier devant l'Benetin, à Rothéneuf. Il était seul et il m'a pas vue.

— Il faisait quoi ?

— J'en sais rien. Il attendait. Il était devant la terrasse de devant, celle qui donne sur la mer. Et moi j'étais sur le côté, derrière la haie. J'attendais aussi un ami pour une rando-nature, si vous voulez tout savoir.

— Et l'autre fois ?

— C'était pile le lendemain, mercredi ou jeudi, ou la veille, je me souviens plus bien. C'est plutôt ça : d'abord le quai, puis les rochers. Il s'engueulait avec l'autre con de Joannic Prigent. C'était sur le quai Surcouf. J'avais rendez-vous avec un ami dans un hangar… Enfin, bref, j'ai pas à vous raconter ma vie.

— Vous leur avez parlé ?

— Non, juste Jo qui m'a dit de me casser, que c'était pas l'moment.

— Et Gwen ? Vous êtes certaine que c'était bien lui ?

— Oh que oui ! Y'a que lui pour tourner du cul comme ça. Surtout quand il court. Vous savez c'qu'on dit ?

Et elle se marre pendant que René, un œil sur la pendule, ôte son tee-shirt crocodile et se retrouve façon gorille en attente de rut. Je fais signe que non de la tête.

— Qu'il va jamais dans les casiers, car ça fait des vagues et qu'ça décroche les huîtres.

Elle est pliée en quatre, les seins sur les genoux. Je modère comme la gonzesse du perchoir à l'Assemblée. Le calme revient et mon temps imparti est écoulé. Il serait cruel d'insister. J'ai mes réponses. Elle est affirmative. Une dernière question :

— Et Jordan, vous l'avez vu ?

— Non, j'vais jamais à L'Univers, c'est pas assez mal famé pour moi.

Je salue poliment, pendant que René tombe son calebar, et je me retire en marche arrière. Je referme la porte et j'entends « c'était qui, déjà, ce con ? » avant de redescendre l'escalier. Guillaume est toujours derrière son bar à discuter avec deux habitués.

17.

Les ombres s'allongent

Retour vaseux et lent. Je n'ai rien appris, mais les confirmations récoltées laissent de l'espoir. Si Gwendal Le Goff, quelques jours après le constat de sa disparition, déambulait librement, c'est que tout n'est pas perdu. J'ai un dilemme : en parler ou non au commissaire ? Parce que, dorénavant, c'est de la rétention d'information. C'est quand même un comble que celle qu'il semble bien connaître au point de se la conserver sous le coude, et peut-être plus, une semaine durant dans sa cellule aménagée en garçonnière, me fasse des confidences à moi. Les lois du hasard qui font si bien les choses. Gwen était vivant il y a quelques jours et son attitude fuyante tendrait à valider une disparition volontaire. Machinalement, j'ai pris le chemin direct par les terres. Je ne peux m'empêcher d'imaginer ce qui se passe à La Rotonde. Je sais mon imagination faiblarde par rapport à la réalité probable. Malgré une certaine expérience, je manque encore de références dans le pire. Passons, je suis arrivé, je manœuvre, je coupe le moteur. Dix-neuf heures au cadran. J'aperçois Momo qui grimpe le boulevard à pied. Il revient du bord de mer. Je l'attends. Il m'apprend qu'il a croisé Loïc en bas et que celui-ci ne va plus tarder. Dîner programmé au Goéland, sa cantine. J'ai hâte de retrouver Vaness' et de prendre une douche. Je me sens sale. Je renseigne rapidement mon collègue à propos de l'essentiel. Je lui passe les détails et le traumatisme subi. Puis je rejoins Vanessa. Elle s'est endormie et mon arrivée la surprend. Je vois qu'elle a bien travaillé. L'ordi est ouvert et un bloc-notes, sur la desserte, est couvert de sa belle écriture. Une écriture de femme en dit beaucoup sur sa sensualité, je trouve. Sur sa personnalité aussi, et il n'est pas nécessaire d'être graphologue pour s'en persuader. Je l'embrasse en me déshabillant. La douche va me rendre ma virginité après cette fin d'après-midi surréaliste. Pourvu que Josette et René ne viennent pas encombrer mes images au moment de m'endormir. Sinon c'est l'insomnie garantie. Je n'aurais pas trop de la nuit pour imaginer toutes les combinaisons offertes par un tel couple. Vaness', réveillée, se montre un peu coquine, mais je prends l'excuse de l'arrivée imminente de notre hôte pour la repousser délicatement. Il va me falloir un peu de temps pour oublier ce que j'ai vu et retrouver mes repères érotiques. Le gros V8 du RAM fait vibrer les vitres et donne du crédit à mon explication. J'évite ainsi des questions et, voire, une scène de ménage. Je me sèche, me rhabille avec des fringues propres. Je m'intéresse au travail de ma compagne. Elle me pose des questions auxquelles je réponds en lui épargnant les détails du décor. Je la trouve motivée. Elle me résume le fruit de ses recherches qui ont essentiellement tourné autour de Prigent et de son entreprise. Son commerce de bateaux n'est pas florissant, mais il maintient le cap. C'est une affaire personnelle, il n'a donc pas d'associé. Rien de défavorable à son propos. Il a quarante ans, a été marié, est père de deux enfants qu'il voit régulièrement. Pas le genre à vivre au-dessus de ses moyens même si, dans les débuts du chantier, qui remontent à huit ans, il avait tendance à confondre chiffre d'affaires et bénéfice. Les charges accumulées l'ont vite rattrapé et depuis il rame. Un comble pour un marchand de bateaux. C'est bien ce que j'avais supposé ; en fait de chantier, c'est plutôt du négoce. Il n'a jamais fabriqué le moindre canot. Tout juste s'il réserve une partie de l'activité à la maintenance. Peu endetté, sauf un plan d'étalement de l'URSSAF qu'il apure lentement, il est propriétaire de sa maison, héritage familial, intramuros, rue du Sans-Pareil. Des soucis passagers avec le fisc, mais qui n'en a pas ? Il n'a eu affaire à la justice qu'à une seule occasion, hormis son divorce, un différend avec les autorités du patrimoine municipal qui ont tiqué quand il a baptisé son entreprise « Surcouf ». À Saint-Malo, ce nom, c'est chasse gardée. Faudrait presque payer une redevance pour en user. Les juges ont estimé que, désormais, Surcouf était devenu une sorte de nom commun et cette décision a, dès lors, fait jurisprudence. Si bien que Prigent n'était pas en odeur de sainteté à la mairie qui n'a rien fait pour l'aider à démarrer. Depuis le vent a tourné et une nouvelle équipe municipale a enterré la hache de guerre à la faveur de promesses préélectorales. Le type ne me paraît pas inquiétant et je suis pressé de l'entendre. J'évoque à Vaness' mes scrupules vis-à-vis de Buan et elle me conforte :

— Attendons d'avoir rencontré le marchand de bateaux. Après, faudra prévenir le commissaire. Et je te conseille d'éviter de parler de l'amie de René, sa cousine, sinon il risque de faire le rapprochement avec notre conversation de cet après-midi et de se sentir piégé.

Bien vu. Quelqu'un frappe à notre porte. C'est Loïc qui propose que nous partions dîner. Bonne idée ! J'ai des choses agréables à lui raconter. Nous descendons en délégation vers le quai et, en chemin, je lui explique nos découvertes encourageantes. Sans trop m'avancer vers l'énorme (c'est assez le cas de le dire) coup de bol qui nous a conduits à cette révélation. Le Goff reprend un espoir qu'il avait totalement abandonné. Il ne tarit pas d'éloges sur la police privée. La fonction publique ne lui inspire aucune confiance et son représentant local n'est pas dans ses petits papiers. Ils se connaissent bien, Buan et lui, mais sont de deux mondes différents et, malgré des parcours assez parallèles, ils n'ont jamais vraiment accroché. Le repas est décontracté. Le Goéland fait presque salle pleine et on s'installe en terrasse. Difficile métier que celui de restaurateur. Surtout ici, avec la concurrence. J'ai remarqué que tous les petits menus d'accroche étaient quasiment les mêmes et au même prix. Le choix, trop important dix mois sur douze, entraîne un nivellement par le bas. Je vous passe les détails de la soirée qui est détendue, presque comme si nous étions en vacances. Momo m'étonne par sa capacité d'absorption d'huîtres. Il fait plaisir à voir à notre hôte. Chantal n'a pas une minute. Elle accueille, installe, houspille, sourit, prend des commandes, demande si tout va bien, piétine, va bousculer en cuisine, sert, dessert, fait des additions, encaisse, resourit, raccompagne et recommence. Loïc me parle de son boulot et de sa sœur. Plutôt, il me demande des nouvelles. Son fils est étrangement absent de la conversation. Bizarre! Je pense à René qui a dû faire le tour de sa première dulcinée du soir. Sans doute, comme vous et moi, lui faut-il un temps de récupération pour remettre le couvert et même si changement d'herbage, comme on dit... Je rigole tout seul en évoquant, mentalement, la mobylette fumante sur le boulevard qui attend le retour de La Dèc'h. René, sur le trottoir, agite un mouchoir. Puis retourne vite à sa chambre pour ranger, aérer, redonner un petit coup à sa culasse de Berliet pour tuer le temps, vérifier l'état de son caleçon, en changer le cas échéant. Avec ces idées parasites, je suis absent de la conversation qui occupe mes collègues de table. Vanessa me pousse du coude:

— T'en dis quoi?

J'en dis quoi de quoi? Elle comprend que j'arrive de loin. Elle me connaît.

— On rentre direct ou on fait un tour? Loïc propose qu'on change d'itinéraire et de nous faire découvrir la pointe du Hock.

Je n'ai pas encore sommeil et je ne suis pas si fatigué que ça. Je ne réponds pas, je me laisse conduire. Nous partons dans la direction opposée à celle de nos habitudes digestives. C'est-à-dire plein est en suivant le GR 34 qui méandre au-dessus de la côte en épousant ses formes. C'est aussi rocailleux que de l'autre côté et nous avons droit à un magnifique panorama sur les parcs à huîtres qui se trouvent en affleurement de la marée. Immense étendue vue d'ici. Le soleil, qui se couche dans notre dos, allonge indéfiniment nos ombres sur le sentier ocre. Celles des arbustes, agités par la brise soutenue, sont presque inquiétantes. Je comprends que nous soyons sur une terre de légendes. Les paysages donnent de l'imagination à la population. Des parfums incomparables, si ce n'est avec ceux d'autres rivages, accompagnent nos pas. La sérénité est là. Égoïstement, à cette heure où la nuit s'installe, on se fout complètement de Gwen et de son serveur. La dernière partie de la balade est urbaine. On s'attarde quelques instants sur le square devant l'église Saint-Méen pour admirer la fontaine représentant deux laveuses d'huîtres, d'avant la mécanisation, en plein travail et en grandeur nature. Un petit panneau m'apprend qu'il s'agit de l'œuvre du sculpteur Jean Fréour. La région inspire les artistes. La dernière portion du trajet se fait dans le silence. Vaness' me tient la main. C'est mignon. Nous sommes à la traîne. Momo et Loïc nous précèdent et échangent quelques banalités, que nous ne percevons que partiellement, à propos de la pluie, du beau temps et de celui qui passe. La fin de soirée est amoureuse chez nous, et sans doute solitaire dans la chambre d'à côté. Plus le bébé s'installe, plus faire l'amour m'inquiète. On y va doucement, *chichiteusement* pour qui nous aurait vus avant. C'est bien aussi. Je n'arrive pas à dormir. Je relis les notes de Vanessa. Je pense à René en regardant l'heure avant de couper mon portable. L'heure de la 12. Le film est terminé et les somnifères doivent agir efficacement. Je me couche avec la hâte d'être demain.

18.

MeToo, lui aussi

Ce matin, j'ai deux volontaires pour m'accompagner titiller l'armateur. Trois, même, si je compte avec Loïc qui m'a fait part, hier soir, de son désir d'être de la partie. Il connaît un peu Prigent et, selon lui, sa présence facilitera la tâche. Seulement il avait complètement oublié un important rendez-vous avec les acheteurs de Super U. Encore un boulot dévolu à son fils qu'il était obligé de se taper. Il n'aime rien moins que les épiciers, m'a-t-il dit. Mais les imprévus font partie de la vie de l'ostréiculteur comme de celle du détective. Nous petit-déjeunons joyeusement, avalant bols de café et crêpes locales quand mon smartphone est pris de convulsions. Le court nom de *Buan* s'affiche. À une heure si matinale, c'est surprenant. Et ça l'est :

— Vous pourriez venir au commissariat pour récupérer votre ami ?

Je nous regarde. Il n'y a que René qui manque à l'appel. Je comptais faire ce chapitre sans lui. Raté !

Vais-je pouvoir en écrire un seul qui soit un peu sérieux ? Qu'est-ce qu'il a fait encore ? Je le demande au commissaire.

— Une patrouille l'a ramassé cette nuit, vers deux heures. Sur la plage du Môle. À poil et totalement incohérent. Une heure de plus, la marée l'engloutissait et *bye bye* le bonhomme ! Une troisième disparition inquiétante. Pas fameux pour nos stats.

C'est quoi cette histoire encore ? Je demande :

— Et là, il est comment ?

— Toujours à poil, mais il recouvre petit à petit ses esprits. Il parle d'envoyer des chars envahir la Flandre belge. Magnez-vous, j'aimerais bien vous le restituer avant l'ouverture du commissariat. Moins de collègues verront ça, mieux ce sera. Et apportez-lui de quoi s'habiller.

Croyant bien faire, j'avais mis le haut-parleur. Perdu ! Vous verriez la tronche de Le Goff. Son avis à propos de la police privée, comme il dit, doit faire du yo-yo. Pas de temps à perdre, je finis ma crêpe et demande à notre commettant s'il n'aurait pas une tenue décente à me prêter. Il quitte la pièce et revient deux minutes plus tard avec une cotte, comme en portent les agriculteurs. Elle est neuve et encore sous Cellophane.

— Ça devrait lui aller, c'est taille unique. J'ai que ça. Il chausse du combien ?

— 43, je dis.

— 45, annonce Momo.

Qui peut le plus peut le moins. Le Goff récupère une paire de bottes de marin en caoutchouc et me la tend.

— C'est du 47. Il pourra la garder, personne ne chausse cette taille chez nous.

Je remercie la tête baissée. Croiser son regard me gêne. Je dis aux deux autres de m'attendre, que je fais l'aller et retour. Momo insiste pour m'accompagner : « On ne sait jamais avec ce con. » J'avoue que ça m'arrange bien. C'est pas trop René, mais affronter l'air goguenard du flic, qui va m'en faire des tonnes sur les « Parisiens », casse un peu ma bonne humeur et mes résolutions. On décolle et, dix minutes plus tard, je gare ma 3008 sur le trottoir de l'hôtel de police. Comme nous ne sommes pas à Vitry, aucun fonctionnaire tatillon ne vient nous faire chier et nous demander de circuler. La province a ça de bon : une certaine philosophie de la vie où emmerder son prochain n'est pas un exercice généralisé. La boutique ouvre dans un quart d'heure et les perdreaux rejoignent, un à un, la basse-cour. Buan, qui devait surveiller de sa fenêtre, vient nous récupérer avant que j'aie eu à demander quoi que ce soit au planton. On ne va pas dans son bureau, mais dans un local, un peu plus loin, qui ressemble à une salle de réunion ou de détente. Il y a un gars devant la porte qui en interdit l'entrée. Hugo le congédie d'un geste agacé et d'un autre, il lui intime de la boucler. Le spectacle est dantesque. À poil, René fait encore moins civilisé. Il bave, affalé sur une chaise en ferraille, et souffle comme un bœuf. Devant lui, un verre d'eau. Derrière, au sol, une cuvette au contenu douteux. Il est blessé au mollet. Du sang a dégouliné le long de sa jambe. Je me demande, bêtement, quand il a pu aller chez le coiffeur depuis hier soir. Il est rasé. Complètement et mal. Quelques touffes de cheveux ont résisté çà et là, mais sans souci esthétique ou de style. Son regard est piteux, très piteux, et son expression atteste qu'il est bien conscient. Il nous reconnaît. Ce qu'il comprend moins, c'est ce qu'il fait là dans cet état. Les idées se remettent progressivement en place au fur et à mesure qu'il réfléchit à la situation. Je lui tends la combi. Il se lève, encore château branlant. Momo l'aide à tenir debout et on s'y met à trois pour l'enfiler dans le truc. Il nous faut comprendre comment assortir les fermetures Éclair. Un vert un peu plus clair et il ferait un très beau bonhomme Cetelem. Avec les bottes et sa tronche décalquée, il pourrait poser pour un sculpteur de santons bretons. Il regarde Buan avec un air de chien battu, et demande :

— Qu'est-ce que je fais là ?

Le commissaire, qui en a vu d'autres et certainement bien plus que nous, lui relate les circonstances et le lieu de son ramassage matinal. Il lui demande de quoi il se souvient.

— C'est la Belge. La 12 ! J'me rappelle pas d'tout, mais ça m'revient par brides (oui, il a bien dit brides et non bribes).

Il me regarde comme pour asseoir ses déclarations à venir tout en cherchant des mots édulcorants.

— Elle est v'nue dans ma chambre. Elle a frappé vers, j'dirais… dix heures et demie. Josette, ma cousine qui vous connaît bien, monsieur l'commissaire…

J'aurais préféré qu'il évite d'évoquer cette personne, mais le flic ne moufte pas. Il ne doit pas faire le rapprochement avec sa prisonnière expérimentale.

— … venait d'partir. L'autre a frappé. J'ai ouvert. J'l'ai tout de suite reconnue. J'ai cru qu'elle voulait de l'aide, que son mari était violent, j'sais pas, moi. Ben non, même pas, c'était juste une nymphomane comme on en fait là-bas, en Belgique. Elle était à poil sous sa serviette de bain et elle m'a sauté dessus direct. Vous z'auriez fait quoi à ma place ? Surtout avec des touristes qui viennent pour notre hospitalité nationale.

Moi qui brûlais d'impatience de savoir comment avait été sa nuit, je vais être servi. Laissons-le poursuivre :

— Une furie, mais faut pas croire, commissaire, y'a pas qu'chez nous que les femmes savent baiser. Pas du tout ! En tout cas, elle, elle savait. On n'a pas dit un mot presque. Comme dans les films de cul américains, mais en moins bien filmé sûrement. D'ailleurs, tant que j'y pense, je porte plainte pour viol en plus du reste. Paske vous allez voir, c'est pas fini. Elle m'a fait subir des choses horribles. Heureusement qu'elle est tombée sur moi. On peut dire c'qu'on veut, mais j'assure. Elle aura un bon souvenir de l'hospitalité nationale. Ça, elle pourra pas dire le contraire. On a fait des trucs que je ne me souviens même pas dans quel sens. Pour un violé, j'ai pas laissé ma part aux chiens. Un homme c'est pas pareil, ça s'laisse pas faire sans rien faire. C'est comme ça, c'est naturel. Faut qu'on s'exprime. Et malgré que j'pensais à ma pov'femme qu'a pas pu v'nir. Remarquez que si elle avait pu, ça aurait été encore pire. J'pensais à Paulette pour essayer de me calmer l'engin, mais ça faisait tout l'contraire. À la limite, s'il y avait eu que ça, j'aurais peut-être rien dit, j'aurais passé l'éponge. C'est bien d'échanger des cultures. Il devait être une heure du mat. J'ai pas vu l'temps passer. J'étais sous le syndrome de Stockholm. Forcément, quand elle est entrée, j'ai oublié de verrouiller la porte. Ça prouve bien mon innocence atténuante. J'pensais pas à mal. Pas du tout. Vers une heure, donc, la lourde s'ouvre et un géant apparaît dans l'encablure. J'l'avais vu qu'assis au resto, eh ben, debout, il est encore plus grand, ce con. Il beuglait en patois de chez lui que j'en étais gêné pour les voisins. Ceci dit, y'en a pas un qu'est v'nu voir ce qui s'passait. Tous des cons. Hospitalier, p'têt, mais pas solidaire, le Français! Déjà quand j'm' faisais violer, y z'ont dû entendre. Forcément. La 12 exprimait ses sentiments et pas qu'un peu, j'vous jure. Elle m'demandait des trucs que, forcément, quand on les entend, on écoute. C'est pas tous les jours qu'ça arrive. Le géant, y m'a retiré d'sa bonne femme et y m'a collé une rouste que j'me souviens plus de rien après. Tout ce que j'me rappelle, c'est les deux collègues à vous qui me foutaient des baffes et des cris des goélands qu'au début j'croyais qu'c'était la 12 qui remettait ça.

On se regarde, Buan, Momo et moi, retenant chacun un embryon de fou rire déplacé dans de telles circonstances dramatiques. René retire les bottes et les inverse en expliquant:

— Comme elles sont un peu trop grandes, j'les mets à l'envers. Pour qu'elles bougent moins.

Buan, dépité, hausse les épaules.

— Vous désirez donc déposer plainte?

René n'est pas fufute, mais pas complètement idiot. Il sait très bien que si on interpelle ses agresseurs, leur témoignage risque d'apporter un éclairage différent à son histoire de viol. Alors, grand seigneur:

— Non. Finalement, j'vais bien. Ça m'fera des histoires à raconter à mes petits-enfants. Et puis, si je fais le bilan, mon viol a compensé cette branlée que j'ai prise.

Curieuse façon d'appréhender l'abus subi et je ne sais pas s'il est sérieux en parlant de ses petits-enfants. Faudrait déjà qu'il trouve la mère de ses futurs enfants et c'est pas avec Paulette que…

Buan ne lâche rien.

— Je veux bien. Mais si mes collègues de la patrouille n'avaient pas eu l'idée de faire le tour des remparts au milieu de la nuit, la marée vous aurait emporté au large et ça devenait un crime. Un crime parfait.

René puise au plus profond de ce qui lui sert de subconscient, analyse chaque mot du commissaire, frémit à l'idée que les tourteaux auraient pu le bouffer. Un frisson le parcourt pendant qu'il déclare :

— Alors là, oui, j'aurais porté plainte. Mais là, on va pas déranger Interpol pour une dispute d'amoureux. Z'auriez l'air de quoi ? Et moi donc !

Je sais pertinemment que le flic va se ranger, soulagé, à cette décision. Il aura fait son boulot jusqu'au bout. René propose d'aller vider la bassine. L'affaire est close.

19.

Déclaration de guerre à la Belgique

Il serait idiot de ne pas tirer parti de cette opportunité pour toucher quelques mots de l'affaire au commissaire. Je profite donc du fait que René est en train d'accomplir sa corvée sanitaire pour le tirer à l'écart. Il se montre assez évasif. J'en déduis qu'il a des trucs qu'il ne tient pas à me divulguer. C'est de bonne guerre. En même temps, il sait bien que je me doute qu'il n'est pas resté les deux pieds dans le même sabot. Alors il me lâche des bribes, des miettes. Il me parle des fadettes, des localisations, des mouvements bancaires. Classique, quoi ! Il apparaît que les portables des deux ont cessé d'être allumés au moment supposé de leur disparition. Presque simultanément. Comme on ne les a pas trouvés lors des perquisitions, ils sont probablement restés en possession de leurs propriétaires. Ce qui accréditerait la thèse de la disparition volontaire. Mais rien n'est moins sûr. Il me balade un peu, le commissaire, mais je le laisse faire. Il a étudié la téléphonie de Gwen et de Jordan sur les jours qui ont précédé leur évaporation dans la nature. Pour Jordan, ça n'a rien donné. Il n'était pas accro et utilisait son portable avec parcimonie. Pour Gwen, les flics ont pu localiser quelques interlocuteurs réguliers. Dont un, un peu plus que la normale. En insistant sur ce correspondant, ils ont décelé une continuité d'appels, après la date fatidique, émanant d'un téléphone prépayé dont le bornage est toujours resté malouin. Pas certain que ça soit Gwen, mais il y a des probabilités raisonnables. Buan me confesse avoir entendu, hier soir, cet interlocuteur privilégié. Pour le moment, il ne peut pas m'en dire plus, des vérifications sont en cours. Visiblement, il a une bonne longueur d'avance. Et vient l'instant fatidique.

— Et vous, du nouveau ?

Je me souviens des conseils de Vaness' et je reste évasif.

— Nous ne disposons pas de vos moyens. Juste un très vague témoignage qui mérite vérification et dont je vous parlerai s'il y a validation. Là, comme ça, je n'ai rien de neuf.

Le bruit de bottes émis par René interrompt ce dialogue. Il remercie le patron :

— Vous direz à vos gars, surtout à la fille, que j'm'excuse du dérangement. Sans eux, ma poulette serait veuve. Ça m'fait penser qu'ça serait bien qu'on s'marie et que j'y fasse une donation au dernier vivant. Bon, si on a tout vu, on rentre ! On va pas vous faire perde vot'temps. Pour une fois qu'il fait beau.

Buan, habilement, nous pousse vers la sortie tout en l'écoutant. Une tape dans le dos à chacun et on est dehors. Je propose à René de le déposer à La Rotonde, heureux de cette occasion de m'en débarrasser. Il acquiesce avec détermination :

— J'allais t'le d'mander. D'abord une, faut qu'j'me change. Je vais pas rester en gougnafier comme ça. Et deuze, l'enfoiré de la 12, il a intérêt à les avoir mis. Y va pas bénéficier d'l'effet d'surprise ce coup-ci, crois-moi.

Prudemment, je le largue à cent bons mètres de l'entrée de l'hôtel. Momo fait la gueule. Avec lui ça peut durer, mais, cette fois-ci, il ne lui faut pas un kilomètre pour exprimer son malaise.

— Tu exagères un peu. Laisser René, seul, régler son problème international. On a vu de quoi le gars est capable.

Il a raison. J'ai honte. Demi-tour. Au moins pour nous assurer que tout va bien. Stationnement au plus près de l'hôtel. René est dans la salle du restaurant. Il prend son petit déjeuner en tenue de gougnafier, comme il dit. Le gérant est assis en face de lui et sirote un expresso. Nous franchissons le seuil, rassurés. René est nu-pieds. Ses bottes de sept lieues, bien rangées contre le bar. Son aventure nocturne ne lui a pas coupé l'appétit. Son périmètre est jonché de miettes de croissants. Il n'est même pas surpris de nous voir, comme s'il nous attendait… Il nous attendait :

— J'étais sûr qu'vous alliez rev'nir. Justement c'est c'qu'j'disais à Guillaume – hein Guillaume ? J'lui disais de garder deux-trois croissants pour vous autres. Merci, les gars, de vot'soutien, mais ça va pas être nécessaire. Dis-leur, Guillaume !

Le patron de l'hôtel nous regarde. Il ne sait pas par quoi commencer. Nous apporter les croissants réservés et des cafés ou nous expliquer de quoi il en retourne. Il peut faire les deux en même temps, sa salle est vide de chez vide. Il n'y a que nous quatre. En servant les cafés dans des bols – le matin, à l'heure du petit déjeuner, c'est cafetières collectives, plus pratiques – et en remplissant une corbeille de viennoiseries, il se lance dans une explication pas si inattendue que ça :

— Les Van Quipuent, les Belges, sont partis à la cloche de bois. Sans payer. Normalement ils avaient réservé jusqu'à demain. Je perds quatre nuitées, quatre petits déjeuners et douze menus. En plus ils ont embarqué les serviettes, les draps et ont piqué l'aspirateur de la femme de ménage.

René fait des signes évocateurs et en rajoute :

— Sans compter c'qu'y m'ont fait, les salauds. M'agresser quand j'dors, c'est traite (je transcris tel qu'il prononce). Et m'laisser pour mort sur un banc d'sable comme un vulgaire phoque, ça veut dire quoi ? Y z'avaient quoi dans l'ciboulot ? Et dire que j'les trouvais sympathiques.

Le pauvre Guillaume ne réalise pas. Il se remplit sa tasse et regarde dans le vide. On dirait le docteur Gachet de Van Gogh, en plus jeune, mais encore plus abattu. Heureusement que René a des notions de droit. Il va lui remettre du baume au cœur et de l'espoir dans le portefeuille :

— Te bile pas, gamin ! T'as leurs coordonnées ?

— Oui… Enfin, j'espère…

— Mais si, ils ont réservé comment ?

— Par Booking.

— Ils sont cuits alors. On va r'monter dans l'Wi-Fi. Bon, tu sais c'que tu vas faire ?

Naturellement, il n'attend pas de réponse et continue sur sa lancée :

— Tu vas aller chez les keufs. Ça tombe bien, on connaît le commissaire principal et tu pourras y dire que tu viens de ma part. Et tu porteras plainte pour grivoiserie.

On le regarde, médusés. Momo traduit pour Guillaume :

— Grivèlerie.

Le gougnafier s'offusque :

— C'est bien c'que j'ai dit. T'es gonflé de m'reprendre tout l'temps. Et pis gonflant aussi. Et y vont être obligés de te verser des dommages et intérêts. Pask'il faut pas qu'ils oublient, ces nullards, que l'Europe c'est la Belgique…

Il se stoppe, réfléchit, hésite :

— Enfin, j'veux dire que la Belgique, c'est l'Europe. Comme nous. En moins important, même. Y'a plus d'frontières. Je le sais, j'y ai été avec Paulette qui rêvait d'aller à l'étranger. On est passés comme une lettre dans un verre d'eau. On n'a rien vu, on savait même pas qu'on était arrivés. Un peu plus et on était en Hollande. On a visité Mouscron. C'est moins beau qu'ici, j't'assure. Pas étonnant qu'ils rappliquent tous bouffer nos frites Picard.

Finalement il y a bien une justice. René a renoncé à porter plainte pour une querelle d'amoureux, mais Guillaume semble déterminé. Il est regonflé d'un coup. Il voit déjà l'aspirateur neuf lui être livré. Les Van Quipuent risquent d'avoir bien vite des nouvelles du procureur du Roi. René aussi va être vengé d'une certaine manière. Le retirer ainsi, et aussi brutalement, d'un vagin, même s'il l'occupait sans titre, ce ne sont pas des choses qui se font entre Européens. Momo a fini son croissant, j'attaque mon second. On laisse les deux victimes et on reprend la direction de Cancale. Vaness', sans nouvelles, doit bouillir. La matinée a commencé tôt et est loin d'être terminée. Nous n'échangeons aucun mot. Ma capitaine dégringole le perron en granit en entendant ma voiture manœuvrer. Comme je le craignais, elle n'est pas d'humeur. On pousse un peu, déclare-t-elle, de l'avoir laissée là comme une vieille chaussette. Je lui dis qu'elle n'a rien perdu, je la brosse un peu dans le sens du poil, je lui raconte cette ennuyeuse péripétie. La situation s'apaise. Je demande si elle a des nouvelles de Loïc, s'il a terminé avec Super U. Non, rien. Tant mieux, on grimpe dans ma voiture et on part asticoter notre chef de chantier naval. Mine de rien, à force d'allers et retours, on finit par en faire des kilomètres. Je vais exploser mon forfait. Beaucoup de route pour pas grand-chose. Facile de se garer avenue Louis-Martin. La boutique du chantier est ouverte, des calicots en drapeaux publicitaires sont sortis de part et d'autre de la porte principale. Trois clients simultanément, c'est un événement. On a donc droit directement au patron qui vient nous accueillir. On le reconnaît grâce aux recherches préalables de Vanessa qui a trouvé, sur le Net, diverses photos du bonhomme. Des bateaux sont exposés de chaque côté de l'allée centrale. Plutôt des petites embarcations de plaisance. Chacun a sa fiche signalétique. Prigent est souriant, mais pas encore totalement convaincu de notre vocation maritime. Il y a quelque chose qui cloche dans notre attitude. C'est lui qu'on regarde, pas les bateaux. Pas de très bon augure, ça. On se présente. Le sourire repart au fond de l'entrepôt. Des emmerdeurs, c'est bien sa veine. Mais aucun signe hostile, juste du dépit.

Comme s'il se doutait de ce que nous allons lui demander. C'est même de son propre chef qu'il propose qu'on le suive dans son bureau. Ce que nous faisons. Un joli bureau vitré qui s'ouvre sur le magasin et qu'il partage avec une dame que je trouve immédiatement sympathique avec son petit côté « corsaire *destroy* ». Vaness', avec son sixième sens et son petit ventre, se cale entre la dame et moi. Prigent nous présente « Morgane » tout en la priant d'aller contrôler la pression des boudins des canots pneumatiques. Morgane dégage, Vanessa se détend. Joannic, que j'appellerai désormais Jo pour économiser des caractères et m'éviter de vérifier à chaque fois s'il y a un ou deux « n », regroupe des fauteuils devant son bureau et nous nous installons. Le téléphone sonne (Claude François, j'aime citer les auteurs des citations devenues célèbres) et comme l'assistante n'est plus là, il prend la communication. De ce que je comprends, il s'agit d'un fournisseur qui se plaint de n'avoir pas reçu son chèque « pourtant posté, il y a trois jours. Avec la poste, c'est le bordel ». Diversion que j'utilise pour mettre de l'ordre dans mes questions. C'est toujours délicat d'aborder un témoin. Surtout, comme c'est toujours mon cas, quand on n'a pas trop autorité pour le faire. Jo raccroche, inscrit un truc sur un Post-it et va le coller sur l'écran de sa secrétaire. Il est à nous !

20.

C'est de plus en plus le chantier

Ambiance tendue cernée d'un silence surréaliste. Jo attend et ne donne aucun signe d'impatience. Je suis bloqué. Momo attrape le relais.

— Monsieur Prigent, nous avons juste besoin de votre avis. Nous enquêtons, à titre privé, sur la disparition de quelqu'un qu'apparemment vous connaîtriez bien. Ou assez bien. Un témoin nous a affirmé vous avoir vu en sa compagnie, pas loin d'ici, quelques jours après la date supposée de son évaporation.

Je n'aurais pas mieux dit. Jo a la mimique interrogative, il en attend plus.

— Il s'agit de Gwendal Le Goff, un ostréi…

— Je m'en doutais, coupe Jo. Les keufs m'ont embarqué hier soir pour ce truc. L'autre bâtard de Blafard. Il ne peut pas me piffer, ce mec, depuis le collège.

On est bien en province, tout le monde se connaît. Momo est déstabilisé. Moi aussi. C'était donc lui le témoin que Buan m'évoquait ce matin. Mes espoirs de le coiffer au poteau retombent. Mon manchot demande des précisions.

— C'est Hugo, lui, j'l'aime bien. On a presque été beaux-frères ; à l'école primaire, je sortais avec sa petite frangine. C'est Hugo qui m'a interrogé. Gwen n'a pas arrêté de me harceler ces quinze derniers jours. C'est à cause de ça que les poulets sont remontés jusqu'à moi. Alors, oui, on s'est vus la semaine passée, c'était mercredi, j'avais ma fille avec moi ici.

— Et quelle était la raison de ce harcèlement ?

— Une affaire commerciale.

— Vous pouvez être plus précis ?

Jo décroise ses jambes et se détend. Il ne se pose pas du tout en suspect de quoi que ce soit. Morgane revient récupérer un document. Je lutte pour ne pas la suivre du regard. Je suis sous étroite surveillance. Le chef du chantier naval rigole sarcastiquement.

— Bon. Gwen m'a acheté, il y a deux mois, un bateau d'occasion. Un petit Quicksilver 530 Flamingo de 2010. Un bateau superbe à l'état neuf, entretenu et vendu avec tout l'équipement. Même la remorque. Une réelle affaire que je lui avais réservée, car je savais qu'il recherchait ce type d'embarcation depuis quelque temps. Il avait fait le tour des marchands du port. Introuvable dans cet état et à ce prix. Seulement, depuis l'achat, le bateau dort toujours ici, dans le dépôt.

Momo s'impatiente. Il n'aime pas trop qu'on tourne en rond.

— Venez-en aux faits, s'il vous plaît. Il a donc récupéré son bateau ?

Explication qui nous arrangerait bien avec cette histoire qui pourrait devenir une fugue. Dans le coin, c'est souvent par la mer que disparaissent les fugueurs. Las, non!

— Absolument pas, il voulait que je le lui rembourse. Comme ça, sans raison valable. Il me demandait de lui rendre ses dix-huit mille balles en espèces et en urgence.

— Et où était le problème?

— Et où était le problème? Vous avez dix-huit mille balles qui traînent dans vos tiroirs, vous? Le problème est que c'est un bateau que j'avais en dépôt-vente. J'ai donc payé quinze mille euros au vendeur qui est un bon client et je n'ai encaissé que ma commission de trois mille. Tout ça par virement et passé en comptabilité. Comment voulez-vous que je lui rembourse une telle somme? Déjà, je suis en rouge à la banque, et ne serait-ce que pour le principe.

— Et alors, il s'est passé quoi?

— Gwen est chef d'entreprise. Il a compris. Il ne connaissait pas cette histoire de dépôt-vente. Il m'a donc proposé que nous clôturions l'affaire avec dix mille euros. Là, ça demandait à réfléchir. Je suis un commerçant. Sûr que si je le brade à quinze mille, le Quick, il repart en huit jours. Un bon arrangement en somme. Sauf qu'il fallait refaire tous les papiers, mais bon, c'est le taf. Le seul hic, c'était de trouver dix mille balles en espèces.

Je suis tout ouïe. Être en rouge à la banque, je connais, et parvenir à réunir dix mille euros en cash, je demande à ce qu'on m'explique la méthode. Mais y est-il arrivé?

— J'ai raclé les fonds de tiroir, emprunté à ma mère, et j'ai pu réunir la moitié de la somme. Il est revenu le jeudi midi, chez moi. Il paraissait soulagé.

On a signé les papiers de cession et il a accepté un chèque, sans ordre, pour le solde.

Je reprends la main :

— Et vous avez raconté tout ça au commissaire ?

Il hésite, se méfie, redemande qui on est, réfléchit quelques secondes.

— Non, pas tout. À cause de Blafard, ce con, j'ai pas tout déballé. Je lui ai juste confirmé que Gwen me harcelait bien par téléphone. Je lui ai dit la raison, celle du bateau qu'il voulait que je lui rembourse. Et aussi que j'avais pas les moyens et que le ton a monté. Et puis, sans raison, les appels ont cessé. Je savais maintenant que c'était en étudiant les appels qu'il était remonté jusqu'à moi. Je lui ai même proposé de venir voir le bateau. Je sais qu'il aime les bateaux, mais vous savez ce qu'il m'a dit ?

Non, nous ne savons pas. Nous sommes trois en haleine.

— Eh bien, il m'a dit : « J'ai pas de temps à perdre pour aller voir un Quick de cinq mètres trente. C'est pas ça qui manque dans le port de plaisance. » Puisqu'il le prenait comme ça, je n'ai pas insisté, et il m'a relâché en me faisant promettre de l'avertir si Gwen revenait à la charge.

— Et il vous a paru comment, Le Goff, quand il était chez vous ?

— Nerveux, pressé. Il a insisté pour signer les papiers de cession en blanc. Comme j'avais déjà tous les éléments lors de l'achat, ça m'était facile de retrouver les renseignements et justificatifs nécessaires. On scanne tout. Pour une fois que ça servait à quelque chose. Il a rangé les sous et le chèque dans une grosse enveloppe kraft qu'il a fourrée dans son sac à dos. Avant de repartir, toujours nerveux, il a regardé la rue par la fenêtre. Je l'ai raccompagné puisque je devais aller déjeuner avec un ami. Et même en bas, il a hésité longuement avant de partir à pied. Un peu comme s'il attendait qu'il ne pleuve plus. Sauf qu'il ne pleuvait pas. Il a traversé la place des Frères-Lamennais. Probable qu'il descendait vers la Grand'Porte pour sortir de la vieille ville. Je l'ai vite perdu de vue, car j'avais rendez-vous place du Pilori. En tout et pour tout, sa visite n'a pas duré un quart d'heure.

Tout ce qu'il nous apprend semble sincère et plausible. Je savoure la petite victoire qu'il nous en ait dit plus qu'au commissaire. Légère longueur d'avance. Si je dois la mettre à profit, cette longueur, c'est maintenant ou jamais. J'ai beau réfléchir, rien ne vient. La situation devient gênante. Encore un peu et plus rien ne justifiera que nous lui fassions perdre son temps. La lumière vient de Vanessa qui pose LA question :

— Et ce chèque en blanc, il a été encaissé ?

Il dévisage ma copine avec une certaine insistance. Bonne question !

— Eh bien, je ne fais pas mes rapprochements bancaires tous les jours. Surtout en ce moment où la saison tarde à redémarrer. Et je n'ai pas vérifié. Ne bougez pas.

Nous restons bien sages à nos places pendant qu'il contourne son bureau, réveille son ordi en trémoussant sa souris sur son tapis et se connecte, supposons-nous, à sa banque. Son visage témoigne de sa surprise.

— Oui… il a été débité. Bizarre que mon banquier l'ait laissé passer sans m'appeler. Il doit être en congé. Je dépasse mon découvert autorisé. Et pas qu'un peu.

Vaness' est bien partie, elle continue :

— Et vous pourriez savoir, par votre banquier, qui l'a encaissé ?

— Sans doute, oui. Je ne sais pas. En général, je sais qui encaisse mes chèques, et là j'aurais dit que c'est Gwen.

— Pas forcément puisque vous n'avez pas mis d'ordre. Il a pu le faire encaisser par une tierce personne.

— Je l'appelle… si vous permettez…

Il nous fait signe de quitter le bureau. Il n'a sans doute pas envie de se prendre une soufflante devant témoins. Nous nous éloignons en retournant dans le hall d'accueil. Morgane est au fond, assise derrière un petit bureau qui doit servir aux transactions. C'est dingue cette attraction visuelle que certaines femmes provoquent chez moi. Je dois lutter, et c'est pas facile, pour détacher mon regard du fond du magasin. Je me concentre sur une sorte de hors-bord pour kéké maritime qui m'oblige à lui tourner le dos. Van' et Momo forment un triangle avec moi comme un genre de mêlée au rugby, sauf qu'on reste debout et qu'on ne se pousse pas. Ma capitaine ne perd pas le fil.

— J'espère qu'on va avoir quelque chose. Soit Gwen a fait encaisser le chèque pour son propre compte. Par un ami sans doute. Il doit se douter que ses comptes sont surveillés. Soit, je ne sais pour quelle raison – chantage, dette, rançon –, il a remis ce chèque et les espèces à un tiers. Dans les deux cas, c'est une piste.

Je ne vois pas un maître chanteur encaisser un chèque. Je suis plus favorable à la première hypothèse. Mes deux amis aussi. Dans le bureau, fermé, la conversation s'éternise, mais le ton ne monte pas. Prigent n'est pas tendu. Ce qui est une gageure quand on parle à un banquier. J'imagine qu'il s'agit encore d'un copain d'école, d'un cousin, d'un ancien voisin ou d'un ex-beau-frère. Tout en discutant, il griffonne sur un bloc publicitaire qui lui fait un sous-main. Il se redresse sur son fauteuil, lâche quelques banalités supplémentaires et raccroche, puis il nous fait signe de réintégrer son antre. J'ai juste le temps de jeter un œil vers le fond du magasin. Irrécupérable. Morgane me sourit. Est-ce commercial, est-ce mon sex-appeal ? Je ne le saurai jamais. Nous reprenons nos places. Jo est au beau fixe. Il nous raconte :

— Ça va être possible, mais le banquier doit demander une photo recto verso du chèque et vérifier, auprès de la banque bénéficiaire, qui a encaissé le chèque. Mais ça a été chaud, car il m'a dit que, justement, il s'apprêtait à le rejeter sans provision. Même s'il a déjà été débité de mon compte, il peut le faire, ce salaud. J'aurai au moins appris ça. Dans un sens, heureusement que vous êtes venus et que vous m'avez posé cette question, sinon je me retrouvais interdit bancaire. J'ai dû lui expliquer pourquoi j'avais fait ce chèque et lui raconter mon histoire de bateau vendu, repris et à revendre. Et il m'a proposé un *deal* : je lui laisse le Quick 530 et sa remorque pour douze mille euros, qu'il me crédite aussitôt, et il laisse passer le chèque puisque mon découvert sera quasi résorbé. Je n'ai pas pu dire non et ça m'arrange bien. Il est maudit ce rafiot, mais, au final, c'est une bonne opération pour l'entreprise. Gagnant, gagnant.

Un ange passe avec une bouée autour du bide.

21.

Où on reprend une longueur d'avance

Je savoure, en silence, le fait d'avoir un coup d'avance sur le flic. Il a voulu rester discret sur ce témoin et ça lui retombe sur le bec. Certain que, s'il avait insisté, il serait devant nous. Mon état de béatitude m'empêche toute initiative. Encore Vaness' qui reprend :

— Et vous aurez le résultat quand ?

— Le résultat ? Ah oui, le chèque. Il me rappelle dans cinq minutes. Avec la numérisation, tout va vite.

Le fait est, car il a tout juste terminé sa phrase que son bigophone sonne. Les palabres commencent. Je vous livre ce que je comprends. Le banquier annonce que, malheureusement, il ne peut pas communiquer le verso du chèque. Ce n'est pas légal sans réquisition de la justice. J'ai l'impression qu'il se fait désirer. Peut-être a-t-il le dessein de rabioter un peu plus sur le Quick. Jo Prigent reste ferme.

Un Breton, c'est têtu, et une parole est une parole. Viennent ensuite des considérations commerciales sur le rafiot qui coterait, au bas mot, dans les vingt mille et encore sans compter la remorque et tout l'équipement qui est laissé avec. Mais il convient, comme dans toute négociation, de lâcher quelque chose. Le vendeur de rêves navigables consent une année gratuite de garantie pièces et main-d'œuvre pour la partie mécanique. La non-légalité du verso commence à prendre l'eau. L'interlocuteur, titulaire d'un BEP de banque, vacille. Il tente bien encore, mais ne sait pas trop quoi demander de plus. Il repart avec un jeu de fusées de détresse et nous avec le verso. Seulement il ne veut pas envoyer la photo. Prigent devra se contenter de noter les informations. J'ai une sueur froide. Ça vous arrive des fois ? Penser à un truc catastrophique qui pourrait anéantir un moment de plénitude ? Comme, par exemple, je ne sais pas, moi, une vague déferlante qui vous surprendrait pendant que vous dégustez votre martini sur une terrasse des Champs-Élysées ? C'est toujours surréaliste ce genre de pensée invasive. Un peu comme un cauchemar. Et, là, tandis que j'écris, j'imagine que Buan a mis notre chef de chantier sous écoute et qu'il est caché derrière ses écouteurs. Je fais, entre deux coulées de sueur dans mon dos, signe « chut » à Jo qui pose sa main sur le micro de son téléphone. Je lui explique cette soudaine appréhension. Il reprend la conversation et trouve un prétexte pour rappeler son interlocuteur dans deux minutes. On va vite savoir si les keufs étaient en ligne. Du commissariat à ici, il y a cinq cents mètres. C'est ce que me confirme Jo, pas rassurant :

— Si Blafard nous écoutait, c'est déjà trop tard. Vous proposez quoi ?

Je regarde Momo. Qui ne pige pas. Je lui fais signe de donner son téléphone. Il ne comprend pas. Donc, j'explique :

— Je lui ai laissé mon numéro. Alors si ça se trouve… Restons prudents.

C'est Vanessa qui me tend son smartphone pendant que Momo analyse, dans sa tête, la situation.

— Prends le mien, je ne le lui ai pas communiqué.

— Il me semblait pourtant…

— Pas celui-là, celui du boulot.

Je donne le Samsung (publicité gratuite) à Jo qui s'empresse de rappeler son banquier tant que le fer est chaud. Haut-parleur de circonstance pour l'assistance captivée que nous formons. Brève excuse pour le contretemps et il commence à noter. Le chèque a été encaissé par l'intermédiaire de la Banque régionale armoricaine de crédit, la BRAC. On s'en fout complètement. Ce qui nous intéresse, c'est par qui. Le banquier hésite. Il sait qu'il enfreint la loi. Si ça se sait, il risque un avertissement ou, même peut-être, un blâme. C'est pas le moment de jouer avec ça. La période est au dégraissage et les fautes professionnelles sont très prisées en haut lieu. Prigent lui glisse que tout le système de navigation du Flamingo est neuf et de dernière génération. Juste histoire de contrebalancer ses remords professionnels, voire éthiques. Bonne idée, le directeur lâche le morceau : Martial de Goaskaradec. Il a sorti ça en totale apnée et pas question qu'il répète. Jo a commencé à écrire puis a levé son stylo. Y aurait-il une malédiction derrière ce nom à consonance typiquement locale ? On ne va pas tarder à le savoir. Les deux hommes écourtent la conversation et Prigent nous décerne une drôle de mimique que je traduis par : « Oh ben, dites donc ! » Attendons les explications qui ne peuvent pas ne pas venir. Mais Momo est impatient.

— Vous le connaissez ?

Jo nous regarde, incrédule.

— Ben oui… Pourquoi ? Pas vous ?

— Ben non. C'est une sommité locale ?

— On peut dire ça comme ça, régionale même. Enfin, Martial, pas trop, mais son père.

Je demande des explications afin d'arrêter la partie de cache-cache. Ce qui nous vaut un petit cours de généalogie celtique.

— Martial est le fils d'Aymeric de Goaskaradec. Vous faites la jonction ?

Haussements d'épaules. *Not at all.* Inconnu au bataillon pour nous. Il poursuit :

— Comment vous dire sans refaire l'histoire de la Bretagne depuis Clovis ?

— Restez contemporain.

Bien que notre inculture régionale, voire acculturation, le laisse pantois, le marchand de bateaux se lance dans les présentations.

— Je vous fais donc grâce de la lignée des Goaskaradec qui a fourni un ministre à Louis XIV, un maréchal à Napoléon, un bras droit au général de Gaulle et un jardinier à Giscard. Il se dit même que c'est un des leurs qui servait de pilote de scooter à Hollande. Mais ça, c'est du folklore local pour rigoler. Une famille de noble souche dont Saint-Malo est le creuset. Aucun Goaskaradec n'est né en dehors des remparts. Aucun ! Même les femmes ont marqué l'histoire. Ainsi, par exemple, Lisbeth, la petite sœur de Martial, est macroniste. La fortune du clan remonte à l'époque des corsaires et n'a cessé de se bonifier au fil des générations. Pas toujours de façon très claire et il semblerait que l'ascension peine un peu avec les dernières portées. Aymeric, le père de Martial et de Lisbeth, a longtemps été un des quatre sénateurs du département d'Ille-et-Vilaine. Les Malouins le surnomment « le Vieux » ou « le Boss ». Il est autant respecté que détesté. La vieille noblesse qu'il représente n'est plus guère dans l'air du temps. Cependant, c'est toujours lui qui tient les rênes des affaires familiales qui s'apparentent à une pieuvre. Peu de secteurs d'activité échappent à son contrôle dans un bon quart ouest de la France. Je n'y connais rien, mais je pense que c'est au travers d'un actionnariat conséquent qu'il gère leur fortune. Il émarge dans tant de conseils d'administration qu'on peut se demander combien d'heures comportent ses journées. Tout ça pour en arriver où ? Ah oui : Martial.

Il prend une pause. Morgane passe la tête dans l'entrebâillement de la porte pour dire qu'elle part déjeuner. Une idée me vient.

— Et si nous faisions pareil ? Je vous invite. Vous nous raconterez la suite à table.

— Pourquoi pas, pour un mercredi où je n'ai pas ma fille. Elle est en sortie scolaire.

— Vous connaissez un endroit ?

— Oui, un truc rapide à deux pas. Je dois être de retour pour quatorze heures. J'ai une mise à l'eau.

Il se lève. On le suit. Il coupe un interrupteur général, nous fait signe de le précéder, met l'alarme et ferme le rideau métallique de la porte principale.

On remonte, sur une centaine de mètres, l'avenue Martin en passant devant le poste de police municipale et on s'engouffre dans un restaurant asiatique « street food », très nouvelle vague avec personnel en uniforme et couverts en bois. On commande un peu au pif chacun un bol dont la composition nous est expliquée sur de grands panneaux. Simple, astucieux et très bon. Nous avons trouvé place sur une petite table directement dans l'entrée, légèrement à l'écart. La foule n'est pas là et nous pouvons continuer notre discussion. Pas besoin de relancer, Prigent sait ce que nous attendons. Il se racle la gorge entre deux bouchées de germes de soja mélangés avec des cacahuètes grillées. Et nous lance un sonore :

— Martial !

Il prononce ce prénom avec un ton de dépit et de découragement. Idem que lorsque votre instit parlait de vous avec vos parents. Il baisse son caquet en constatant le silence provoqué par sa sortie. Les quelques consommateurs locaux ont tous le regard tourné vers notre table. Les touristes, pas. Tout en modérant son ton, il poursuit :

— Toute une histoire, ce gars. Déjà sa naissance. C'est le seul de Goaskaradec qui n'est pas né dans la vieille ville et dont personne ne connaît la mère. Souvenir de soirée entre sénateurs en session à Paris pour fêter l'autorisation de mise sur le marché du Viagra. Vous voyez ce que je veux dire. Aymeric était, en quelque sorte, « fils père ». C'est même certainement lui qui a inventé le concept. Juste après cet épisode, et sûrement pour se racheter une conduite, le sénateur a épousé la mère de Lisbeth qui, elle, est bien née dans les remparts. Pour en revenir au gamin, qui doit avoir dans la trentaine, personne ne sait exactement ce qu'il fait de beau. Pour faire simple, c'est un flambeur dilapidateur. Et il a de quoi faire !

— Il n'a pas une profession ? risqué-je.

— Pensez-vous ! Pour quoi faire ? Papa paye sa culpabilité, étouffe les affaires. Il aurait tort de se gêner. Il devrait avoir un casier long comme le bras, mais c'est un intouchable.

— Il vit où ?

— Je ne suis pas dans les petits papiers de la famille, mais je ne vois pas où il pourrait crécher ailleurs que dans la maison de la famille. Quand je dis « maison », comprenez « manoir » pour le moins. Une des, ou la, plus grosses baraques de la vieille ville. Elle occupe, à elle seule, tout un pâté du côté de la porte de Dinan. Vous ne pouvez pas vous tromper. Ses frontières sont constituées des rues de Dinan, d'Orléans, de Toulouse et Feydeau. Vue imprenable sur la cale de la Bourse. C'est un blockhaus. Ça serait surprenant que Martial n'y ait pas sa chambrette. Le vieux y vit seul avec une palanquée de domestiques, secrétaires, gardes du corps, etc. La fille est partie consommer son mariage et la situation enviable de son mari dans une très belle villa près de l'Épi de la Hoguette, face à la mer, juste au-dessus de la digue. Quoi que vous imaginiez faire de cette information, je vous souhaite du courage.

— Et la mère de Lisbeth ?

Faut bien dire quelque chose.

— Divorcée d'Aymeric quand la petite avait une quinzaine d'années. Belle indemnité compensatoire. Elle se serait remariée avec un artiste-peintre parisien qui fait dans le contemporain et qu'elle a réussi à lancer alors qu'elle était encore madame de Goaskaradec.

Je demande l'addition. Je paye. Jo regarde sa montre. Il sera en avance à son rendez-vous.

22.

Tour de remparts

Je devrais me réjouir, car cette information pourrait me permettre de damer le pion aux autorités locales et officielles. Et, en même temps, la crainte de complications s'abat sur moi comme un nuage de sauterelles sur un zébu esseulé. Pourtant, je le sais, la clé de l'énigme est à portée de main. Je ne crois pas trop aux coïncidences et cette transaction financière juste après la disparition de l'héritier de l'empire ostréicole des Le Goff a obligatoirement un rapport. Nous marchons. Je suis prisonnier de mes pensées. Je cherche l'angle. Il ne faut pas se rater, car je suis persuadé que dès que nous apparaîtrons dans son décor, le sénateur honoraire va courir se plaindre chez Buan. Et je me méfie des relations, souvent ambiguës, entre ce genre de personnage et la flicaille de sa circonscription. Comment naviguer habilement ? On ne va pas débarquer, tous les trois, en jouant les témoins de Jéhovah égarés dans la vieille ville. Momo marche devant et Van' me parle. Je ne l'écoute pas. Elle me secoue. Je la fais répéter.

— Je me demande si on ne ferait pas mieux de livrer ces informations au commissaire.

Forcément, elle est très hiérarchique. Je me le demande aussi, mais, franchement, je ne trouve pas d'autre bonne raison que celle de jeter le bébé avec l'eau salée du bain. Je ne réponds pas et ma concubine insiste. Elle me parle un peu comme on ficherait des claques à quelqu'un qui viendrait de perdre connaissance… pour me réveiller.

— Et puis, je me demande aussi où en est René avec sa mésaventure de cette nuit.

C'est Momo, en se retournant, qui exprime la meilleure idée :

— J'aurais envie qu'on aille vérifier un truc. On a le temps ?

— Ça dépend, c'est quoi ?

Pour avoir du temps, on en a. Ce n'est pas le souci. Je ne sais pas trop comment le remplir ce foutu temps qui passe. Nous écoutons mon bras droit :

— Si on peut aller faire un tour dans la vieille ville. Je voudrais voir les lieux.

Pourquoi pas ?

— Voir quoi ?

— Prigent nous a dit que le môme (pour Momo tout ce qui a un parent est un môme) était parti par la place des Frères-Lamennais si je me souviens bien.

Chapeau, encore un détail que j'ai oublié de noter.

— Je voudrais vérifier si c'est le chemin pour aller chez les Goaskaradec.

Pas con. Je n'ai rien de mieux.

— Comme on sait que c'est au fiston qu'il devait des sous, puisque c'est lui qui a encaissé le chèque, on saura s'ils se sont vus chez le vieux ou ailleurs.

C'est une idée mais, comme on dit, tous les chemins mènent à Rome. Son raisonnement est ténu et on ne sait pas si Martial de Goaskaradec n'a pas simplement rendu service en encaissant le chèque contre remise d'espèces qui auraient été destinées à un tiers. Ceci posé, cette suggestion m'enthousiasme nettement plus que celle d'aller prendre des nouvelles de René. Et puis, en contournant le bassin Duguay-Trouin par l'avenue de la République, ça nous fait une balade sympa. C'est encore la porte des cocus qui nous ouvre la vieille ville. Je récupère un plan touristique à l'office du tourisme afin de nous orienter. La cité corsaire forme une sorte de rectangle cerné de remparts. Tout le monde sait de quoi ça a l'air. Un rectangle pas très grand puisque la longueur est de sept cents mètres environ et la largeur de quatre cents. On a vite fait le tour et on ne s'y perd jamais. En traversant intra-muros, je suis choqué par la répartition des visiteurs. C'est blindé sous les remparts et, plus on approche du centre, moins il y a de monde. De très jolies ruelles sont désertes. Quelques pékins autour de la cathédrale Saint-Vincent, mais peu de gens sur les places alentour. Nous arrivons vite rue du Sans-Pareil, où habite Prigent. Nous venons de traverser la place des Frères-Lamennais par laquelle Gwen est reparti. Je regarde le plan pour m'orienter, et, en effet, ça n'est pas le chemin logique pour se rendre à la porte de Dinan. En tous les cas, pas le plus rapide si on se repère dans l'enchevêtrement des ruelles qui vous posent rue de Dinan. Nous poursuivons notre court périple en direction de la bâtisse Goaskaradec. J'ai une idée.

— Prenons par les remparts ; de là, on aura une meilleure vue sur la propriété.

Bonne idée, car nous nous retrouvons parmi les touristes qui font le tour et qui mitraillent à droite, à gauche. Les remparts, c'est un peu comme le boulevard périphérique à Paris. Sur l'intérieur, c'est la ville, sur l'extérieur, c'est déjà la banlieue. La vue est plongeante et nous ne sommes pas les seuls à nous y attarder. Les Goaskaradec ne doivent pas pouvoir ouvrir leurs fenêtres sans être bombardés. Il y a même une guide qui captive son public en racontant l'histoire de la maison, y mêlant des légendes de corsaires et des faits divers invérifiables qui s'y seraient déroulés au fil des siècles. Nous nous collons au groupe de manière à ce qu'on puisse penser que nous en faisons partie. Aucune référence à la famille occupante dans les commentaires de la guide. J'apprends des trucs. Vrais ou faux, je ne sais pas. Comme, par exemple, que les souterrains, si souvent cités dans les histoires locales, n'existent pas en raison de la composition cent pour cent Made in Granit du sous-sol de la ville. Par contre, il est vrai que la maison qui nous occupe, ainsi que celles de l'époque corsaire, sont bâties sur de vastes sous-sols qui servaient d'entrepôts pour les marchandises confisquées par ces pirates fonctionnaires. Le groupe s'éloigne et nous décidons de le suivre à distance pour conserver notre alibi. René choisit ce moment pour appeler. Je décroche.

— Ah, Cicé, tu tombes bien.

Ce n'est pas réciproque, mais je l'écoute en m'isolant un peu. Il y a un vent vif qui rend pénible la conversation.

— Faut qu'tu m'aides. Le Belge, il a tout saccagé ma cambuse. Tout découpé mes papiers en petits morceaux, ma carte bleue aussi et mes fringues aussi. J'ai plus qu'ce que tu m'as apporté. Heureusement, il a pas touché à la culasse de Berliet. Il a dû croire que c'était une déco de la chambre. Pask'il a rien cassé d'autre que mes affaires. J'ai r'trouvé la photo d'Paulette dans les chiottes. Pas découpée, ouf! J'la fais sécher et ça ira. Sauf que, comme il a pissé d'ssus, elle a un peu jauni. Ça fait ancien, j'trouve.

Comment je peux l'aider? Je lui propose:

— Il faut faire opposition à la carte bancaire.

— Dans l'état où elle est?

Ah oui, merde! Encore une bonne occasion de me taire.

— Tu fais un puzzle avec tes papiers. Ça dépannera en attendant…

— C'est c'qu'j'fais avec le patron d'l'hôtel. Tu pourrais pas m'dépanner de deux mille balles pour que j'm'rachète des fringues et que je puisse payer mon séjour?

Le boulet! Si vous avez une idée pour lui refuser ce service, je suis preneur. Je lui dis de ne pas bouger, qu'on arrive. Autant battre le fer tant qu'il est chaud. Nous quittons la vieille ville. En chemin, je cherche un distributeur. Que nous trouvons sur le boulevard où récupérer la voiture. Je retire trois cents euros. Plus, ça coince avec ma carte d'entrée de gamme. S'il rouscaille, je lui dirai que je pensais qu'il me parlait en francs. Nous embarquons. Un saut de puce et je nous gare devant son hôtel. Le patron, qui nous reconnaît, nous fait un bref signe. Nous montons. La chambre est dévastée et René est occupé, avec un rouleau de Scotch, à rafistoler ses papiers. Salutations, petit tour du propriétaire pour évaluer les dégâts. Impressionnant ! On dirait que tout est passé à la broyeuse. Enfin, tout ce qui appartient au tendre et cher de Paulette. Le cadre et le matériel de l'hôtel ont été respectés. Guillaume, l'hôtelier, nous rejoint. Sympa le mec, il a réussi à constituer un petit trousseau à l'intention de René qui continue à scotcher ses fafs. Il lui tend le paquet.

— Tiens, ce sont des affaires que j'ai pu récupérer dans des chambres dont les clients sont partis à la cloche de bois. J'ai trié le moins ringard et ce qui me semblait le mieux correspondre à ta taille. Si ça peut t'aider, moi, ça me débarrasse.

René cesse son ouvrage, remercie l'hôtelier et commence l'inventaire. Pas mal, à mon avis, en tout cas pas pire que son trousseau qui est passé à la broyeuse. Et il y a de tout, des slips, des chaussettes, des chandails, des chemises, des marcels, des futals, une veste à carreaux, une paire de moufles, un polo publicitaire des « Déménageurs bretons », un bonnet de ski et deux paires de pompes. René apprécie, mais :

— T'aurais pas des tongs ? C'est là-dedans que j'suis l'mieux.

J'interviens en lui tendant mes euros :

— Avec ce dépannage, tu vas pouvoir en acheter et payer tes dettes.

Il a le culot de compter, mais pas celui de trouver à y redire. Grâce à son logeur, il va repartir mieux équipé qu'en arrivant. Guillaume lui tend un sac de sport.

— Tu peux le garder pour remplacer ta valise. Pour les affaires de toilette, je vais te faire monter des échantillons.

— T'aurais pas aussi un carton pour ma culasse ? Comme Cicé est là, j'vais en profiter pour la mettre dans son coffre. Vu qu'c'est lui qui m'ramène. Ça évitera que j'l'oublille.

Le taulier fait un signe indéterminé et retourne dans sa salle au rez-de-chaussée. Il revient cinq minutes plus tard avec une cagette. René emballe son trophée dans une serviette de l'hôtel, épargnée par le vandale. L'objet d'art rentre juste dans la caisse qu'il me tend avec un clin d'œil entendu. C'est lourd, ce truc. Nous redescendons. Du bas, nous entendons René gueuler à l'attention de son hôte :

— Eh, t'aurais pas un pyjama des fois ?

Je colle son colis dans mon coffre. Décapé comme il l'a fait, peu de risque de trace de cambouis. Et nous rentrons faire le point chez Le Goff.

23.

Encore un petit pas

Pour tout vous dire, j'appréhendais un peu ce débriefing cancalais. Dans un trio, il y en a toujours deux qui se liguent contre l'autre. Si vous avez trois gamins, vous le savez bien. Ça n'a pas raté. Et j'ai beau être le « chef », j'ai maille à partir avec mes « collaborateurs ». Momo est persuadé qu'on avance en terrain miné. Au fond de moi, je suis d'accord. Et Vanessa est très choquée que je puisse envisager de faire des cachotteries à son administration. Ils les forment bien leurs agents. J'en viens à regretter de n'avoir pas convié l'ami René. Lui, fonce-dedans comme je le connais, m'aurait apporté un soutien considérable. L'arrivée de Loïc Le Goff met fin à un début de dispute dans l'équipe, juste avant qu'une décision soit prise. Heureuse diversion. Je lui raconte nos avancées. À lui, je le dois bien. Il a l'air sincèrement étonné de ce qu'il entend. Je lui demande s'il connaît le clan sénatorial.

— Comme tout le monde dans la région. Mais pas plus. J'ai dû croiser le Boss, à diverses occasions plus ou moins officielles, mais c'est tout. Je ne me souviens pas avoir échangé avec lui autre chose que des banalités hypocrites.

— Et vous saviez que votre fils fréquentait Martial ?

— Vous me l'apprenez. J'ai l'impression d'avoir eu de la merde dans les yeux. Maintenant, à son âge, il y a longtemps qu'il avait sa vie privée, mais je suis surpris de constater à quel point j'en ai été écarté.

Dommage que René soit en inventaire, car je suis certain qu'il lui aurait foncé dans les plumes avec la non-diplomatie qui le caractérise. Je suis plus réservé et je garde mes quatre vérités à propos de son intolérance par rapport à l'orientation sexuelle de son fiston qui a, sans aucun doute, fermé beaucoup de portes entre eux deux. J'ai l'impression prégnante que, hormis la sphère professionnelle, le père et le fils ne partageaient pas grand-chose. Je suis gêné de constater que c'est surtout le « directeur commercial » que nous recherchons. Je demande :

— Et ce Martial, vous le connaissez à titre personnel ?

— Encore moins que son vieux. Jamais croisé. Ou alors sans savoir que c'était lui. Quant à sa réputation, je suis comme tout le monde : nourri au son des rumeurs. Il y a toujours des bruits qui courent à propos des rejetons des notables. Comment savoir s'ils sont fondés ou simplement issus de la vindicte jalouse populaire ? Ce que j'en sais vient de ces rumeurs : un fils à papa, bon à pas grand-chose, fêtard, drogué dit-on, aimant les grosses bagnoles…

Là, je pense que c'est l'hôpital qui se fout un chouïa de la charité. Il prononce ça avec mépris sans se rendre compte qu'il tripote son porte-clés Dodge pendant qu'il parle. Sans doute qu'inconsciemment si, un peu, car il termine là sa phrase. Celle qui suit me vaut une fusillade de regards en règle de la part de mes deux acolytes.

— Vous en avez parlé au commissaire Buan ?

Déstabilisé, je m'entends lui répondre :

— Je m'apprêtais à le faire. J'attendais juste votre avis.

Il apprécie visiblement cette courtoisie déplacée dans de telles circonstances. Il me tapote l'épaule et répond :

— Faites-le. Ne tentez rien auprès des Goaskaradec. On ne pêche pas le requin à l'épuisette.

Les deux qui boivent du petit lait se lèvent. Une bonne douche nous remettra les idées au clair avant de passer à table. Je retiens l'image du requin et de l'épuisette. Venant d'un pêcheur de mollusques, je trouve ça gonflé. Dispersion des troupes. Vanessa n'est pas dans son assiette. Par facilité, je mets ça sur son état et lui propose de lever le pied. Il ne s'agit pas tout à fait de ça.

— Tu n'y es pas. C'est ta façon de voir les choses qui me perturbe. Un peu comme si je te découvrais. Tu prends tout à la légère. Tu ne joues pas franco. Tu essayes de biaiser, pour ne pas dire baiser, le commissaire, et tu n'as aucune stratégie. N'oublie pas qu'il s'agit d'une disparition et que chaque heure qui passe est une heure de trop. Je te sens plus en vacances que concerné.

Je réagis sans me défendre :

— C'est que je n'arrive pas à cerner la personnalité du fils. Ni celle du père. Il y a un malaise qui s'installe dans ma tête. Quelque chose me dérange dans l'ambiance et, tu l'avoueras, la présence toxique de René n'aide pas.

— Il a bon dos, René ! Comme si tu ne le connaissais pas. Lui au moins, il est cash. Il ne tournicote pas au gré du vent.

C'est toujours perturbant de s'entendre dire, par quelqu'un qu'on aime, ses quatre vérités. Je perds mon peu de moyens et tente de me rattraper par une résolution apaisante.

— Écoute, je n'ai pas l'impression qu'on ait perdu tant de temps que ça. Demain matin j'appelle Buan et on partage toutes les infos. Sauf celle, si tu permets, qui concerne la présence de Gwen aux rochers sculptés du père Fouré.

— Et pourquoi ?

— Il aura assez à faire avec les Goaskaradec et il faut qu'on garde une utilité. Je pense que cette présence est liée à la récupération des fonds. Je suis persuadé que c'est à cet endroit que Gwen a remis le chèque à Martial. Mais je ne suis pas du tout certain que ce dernier ait eu un rôle négatif.

— Ah ? Et tu penses quoi ?

— Plutôt qu'il l'a dépanné. Chèque contre espèces. Si c'est le cas, c'est ton ami Buan qui nous en apportera la confirmation. Demain nous irons fureter aux roches pour voir ce qu'on peut trouver pour aider la police nationale tout en paraissant utiles à l'enquête. Je te rappelle que nous ne faisons pas ça pour rien et qu'on aurait l'air fin de rester spectateurs.

Elle me regarde longuement et je n'arrive pas à déchiffrer les pensées qui se bousculent derrière ses yeux. J'y lis des choses contradictoires.

— Appelle tes enfants, on est mercredi.

Depuis qu'elle est enceinte, je constate que son sens de la famille, si élargie soit-elle, prend une place de plus en plus grande. Je vais appeler Elve, chez ma mère, et Enzo, chez les siennes. Mais les deux sont informés du faux bond que je leur fais cette semaine. Ma fille n'est pas rentrée et ma mère a de plus en plus de mal avec cette ado à rallonge. Il faut dire que ma mère ne rajeunit pas non plus et que ses codes diffèrent de ceux de notre époque. Il va me falloir envisager de récupérer ma gamine. Je tente son portable : répondeur. Je laisse un message : « Coucou, c'est papa ! Gros bisous de Bretagne où tout va bien ! » Minable ! Inutile d'attendre un rappel. Pour Enzo, c'est plus facile. Il a tout le temps plein de choses à me raconter. Il vient juste de rentrer, avec sa mère, de chez ses demi-frère et sœur. Famille compliquée. Depuis qu'il est en primaire, il a toujours des trucs à m'apprendre. Comme si les choses prenaient naissance avec lui, genre : « Tu savais que la terre tourne ? » J'ai Monique quelques instants qui me confie des soucis avec Carolina. Je ne tiens pas à entrer dans les détails. Surtout avec Vaness' dans la pièce. Ma vie est si confuse que je m'y perds en affrontant en permanence des sentiments contradictoires. Entre regrets et espoirs. Choisir est toujours un renoncement et je suis de nature à vouloir tout. Une bouffée d'émotions m'envahit dans ce décor où je n'ai aucun repère. Je me sens petit. Van' vaque… ou fait semblant. L'air de rien. Je sais qu'elle écoute et soupèse chacun des mots que je prononce. Elle aussi est à fleur de peau. J'ai l'impression que ma vie est devenue un exercice d'équilibre entre le pire et le moins pire. Je subis et ne dirige rien. Je me laisse porter par les flots comme une brindille sur un ruisseau de montagne. Brinquebalé, je me cogne partout. C'est quand c'est ainsi, quand je touche le fond, que les bonnes résolutions viennent. Salvatrices mais, hélas, rarement suivies de faits. Juste réconfortantes et consolantes. Juste nécessaires pour arrêter la dégringolade. Je rappelle ma mère. Il faut toujours remonter à la source tels les saumons. Avoir une conversation, sans banalités, avec elle me donne l'impression de compter. Un peu. Nous parlons de « choses sérieuses » comme elle dit : de l'avenir d'Elvira, de ce que je devrais faire, de ce que je promets de faire. Nous prenons des décisions. Je sais que tout sera remis ou abandonné, englouti par le temps qui passe. Mais ça fait du bien. Je raccroche et rejoins Vaness' sous la douche. Rituel immuable comme la roue chez le paon. Sauf que ma roue est de plus en plus voilée. Reste l'amour. Quand même. Ce soir, ça sera chacun pour soi. J'ai demandé à Le Goff de ne pas compter sur nous pour dîner. Momo a compris et il est déjà parti affronter un tronçon du GR 34 en solitaire. Contrairement à moi, c'est un solitaire qui assume. J'ai une idée : aller casser la croûte au restaurant de Rothéneuf. J'y renonce, car ça ferait un peu trop « joindre l'utile à l'agréable ». Et puis Vanessa n'a pas envie de faire de la voiture. Nos pas, lents, main dans la main, nous ramènent sur le front de mer. Nous passons, par la digue, le restaurant de Chantal pour progresser jusqu'à la place du Calvaire. L'air est maritime et vivement breton. Nous sommes plein sud et les rayons du soleil, déjà presque couchant, nous prennent en oblique, déformant nos ombres sur le quai. La mer est entre deux. Je ne saurais vous dire si elle monte ou si elle descend. De rares silhouettes s'alanguissent sous nos pieds. Les restaurants, qui se succèdent tout le long de la place, ne font pas le plein. Loin de là. Nous optons, au hasard, pour le À Contre Courant. Vanessa préfère que nous nous installions en salle. L'air fraîchit et elle est fatiguée. Un peu plus « haut de gamme » que le Goéland Boiteux, on y sent moins l'improvisation. La patronne, ici aussi c'est une patronne, nous met tout de suite à l'aise. C'est cosy et chaleureux. Fin de soirée en amoureux, loin de tout, loin du reste. Moules marinières dans une ambiance feutrée. Les quelques tables occupées se font discrètes et on entend plus les bruits de couverts et les verres qui s'entrechoquent que les mouches voler. Idéal pour terminer ce mercredi. Nous rentrons avant Momo. Nous rentrons avant Le Goff. La nuit est à nous.

24.

Politesses entre collègues

La nuit a été vraiment réparatrice et je me réveille en relative pleine forme. Il ne faut rien exagérer, mes réveils sont toujours assez laborieux. Vanessa traîne au lit. Ce qui ne lui ressemble pas. La grossesse vous change une femme. Je descends. Un petit mot de Le Goff est *postité* au beau milieu de la table de la cuisine : « *J'ai dû m'absenter pour rencontrer les acheteurs d'Auchan. Retour fin de matinée. Des croissants vous attendent sur la paillasse ainsi que café, chocolat et thé. Bon petit déjeuner.* » Les huîtres ne sont pas encore tout à fait « mûres », mais les contrats s'enchaînent. J'étale un Sopalin sur la table, pour récupérer les miettes, et je me lance un double Nespresso. Ce faisant, je donne le top du départ à Momo. Il débarque. Sans doute devait-il attendre pour descendre, derrière la porte de sa cambuse, que quelqu'un fasse le premier pas. Je *recapsule* la cafetière pour lui. Comme d'habitude, nous n'échangeons aucun mot avant d'avoir dégusté notre première tasse. Je trouve mon collègue hésitant, mal à l'aise. Il finit par s'épancher :

— Je ne nous sens pas du tout sur ce coup-là. On n'a pas le pied marin, on navigue à vue.

Je ne sais pas si c'est l'air d'ici qui lui inspire ces métaphores maritimes. Je le laisse vider son sac.

— C'est comme si on jouait une partie à trois avec le commissaire et le disparu. Pour le môme, c'est statique, mais avec le flic, c'est malsain. Surtout de notre côté. Je n'aime pas ces cachotteries que tu lui fais, cet esprit de compétition mal placé.

Au fond de moi, je partage cette opinion, mais mon amour-propre me contraint à résister sans conviction. Je ne veux pas laisser la main, mais force est de constater qu'on peine pas mal. Quand je dis « on », je devrais dire « je ». Le pire, c'est que je sais que la partie est très mal engagée et qu'à chaque fois que j'estime avoir un coup d'avance sur Buan, je m'aperçois qu'il me marque à la culotte. Équilibre dangereux. Je prends une décision qui me coûte, mais qui devient inéluctable, tout en tentant de conserver la face :

— Justement je vais l'appeler.

— Je te conseille de ne pas trop te dévoiler, d'y aller en douceur. Ce gars-là est un malin et je ne doute pas de son efficacité. Tu ne pourras pas le rouler dans la farine comme une sole fraîchement épluchée.

Décidément, la mer l'inspire. Vanessa, mal réveillée, fait intermède en pointant son museau dans l'encadrement de la porte. Nous ne l'avons pas entendue descendre. Mais elle n'a rien perdu de notre conversation et y met son grain de sel :

— André parle d'or. À part que je ne savais pas qu'on épluchait les soles, je partage à cent pour cent son analyse et son avis.

Deux contre un, qu'est-ce que je vous disais ? Ma compagne chipote sur un thé earl grey, néglige les croissants. Elle se sent un peu barbouillée. Quoi de plus naturel ? Je décide donc d'appeler Buan dès que notre vaisselle sera faite. Je lave. Momo ne peut pas essuyer. Vaness' n'aime pas ça. J'essuie. L'heure fatidique arrive et j'ai l'impression d'être sous la tutelle des deux autres qui ne me lâchent pas. Je sonne le commissaire tout en me souvenant des récents conseils de mon adjoint. Je l'obtiens directement. Ce mec est nettement moins protocolaire que Saint Antoine. Moins vicieux aussi, je trouve. Je cherche mes mots, paralysé par ceux de Momo. Lui, non, il attaque franco :

— J'ai du nouveau. Figurez-vous qu'on a épluché les comptes de Prigent. Et ça a donné ! J'ai réquisitionné le banquier et j'ai bien fait, car, sans ça, je serais passé à côté de quelque chose.

J'ai quelques sueurs froides qui commencent à dégouliner d'un peu partout. Que va-t-il me sortir ? Je réalimente avec une onomatopée :

— Ahhh ?

— Figurez-vous que, dans les comptes, j'ai vu que Prigent avait fait un chèque de cinq mille balles. Je n'y ai pas du tout prêté attention. Dans son activité ça n'avait rien d'étonnant. Mais en en parlant avec le banquier, celui-ci m'a dit que, justement, son client avait demandé une photo recto verso de ce fameux chèque. Pas ordinaire, non ?

Heureusement qu'on est au téléphone. Je ne pourrais pas dissimuler mon état décomposé en face à face. Ma transpiration restitue mes deux tasses de café, je tremblote et commence à voir tout noir. Vaness' m'évente avec une planche à découper qu'elle a attrapée sur l'évier. Je ne peux que prononcer, tout en fermant les yeux :

— Et… ?

— Et pas grand-chose. Sauf que le banquier m'a expliqué qu'il n'avait pas pu lui livrer le nom du bénéficiaire, car il n'en avait pas le droit. Je n'ai rien compris, une histoire de verso, d'endos. Enfin, bref !

Enfin, ouf ! Ces scrupules banquiers nous écartent du chemin. Momo avait (encore et toujours) raison : y aller sur des œufs. Il continue :

— J'ai naturellement sonné aussitôt l'émetteur qui m'a confirmé avoir fait ce chèque à Le Goff fils suite à leur transaction de bateau. Je lui ai reproché de ne pas m'en avoir parlé et il m'a répondu qu'il ne m'avait rien caché, qu'il m'avait dit avoir donné les dix mille euros et que je ne lui avais pas demandé de détail. C'est vrai, j'étais parti bille en tête qu'il s'agissait d'espèces.

Je sens le vent du boulet s'éloigner.

Je banalise :

— Retour case départ, donc…

— Oh que non, mon ami ! Parce qu'à moi, le banquier a pu me fournir les renseignements puisque je le réquisitionnais. Et c'est là que vous allez en tomber sur le cul.

Faut que je la joue fine. J'écoute, nous écoutons (j'ai mis le haut-parleur).

— Vous allez en tomber sur le cul, je vous dis. Devinez qui a encaissé le chèque ?

Je fais le con :

— Gwendal ?

— Perdu ! Martial de Goaskaradec. Qu'est-ce que vous dites de ça ?

— Qui ça ?

— Je comprends votre étonnement : Martial de Goaskaradec.

— Qui est-ce ?

Je le déstabilise, le commissaire. Il s'en étrangle, hésitant entre offuscation et rigolade. Il nous refait la petite présentation du personnage et de son entourage. « De la grosse pointure », nous assure-t-il.

Je continue mon petit jeu :

— Vous avez rappelé Prigent ?

— Ben non. Vous suivez ou quoi ? Puisqu'il ne sait pas qui a encaissé son chèque en blanc.

— Ah oui, c'est vrai. Vous avez interpellé ce Martial ?

— Évidemment, vous croyez quoi ? Avec la prudence nécessaire, bien sûr. Mais j'ai la chance de bien connaître Aymeric, son père. Nous chassons ensemble. Ça aide.

— Enfin une piste sérieuse !

— Pas tant que ça, hélas. Martial m'a expliqué que Gwen Le Goff et lui étaient amis. Ce qui ne m'étonne pas connaissant un peu Martial. Vous comprenez ce que je veux dire…

Je devine, au ton qu'il emploie, le clin d'œil complice qu'il me fait à distance.

— Il a juste dépanné son ami en transformant le chèque en billets. C'est tout.

— Et vous le croyez ?

— J'ai tendance, oui. Martial a déjà eu des petits soucis avec la justice et son paternel a cessé d'intervenir en sa faveur. Il se tient désormais à carreau.

— Nous ne sommes donc pas plus avancés. Nous avions déjà confirmation que Gwen était toujours vivant jeudi dernier et vraisemblablement libre de ses mouvements. Quand a eu lieu la transaction chèque contre espèces ?

— Le jeudi justement. Aussitôt après que Prigent a remis les dix mille balles pour le bateau. Le Goff aurait appelé Martial pour lui demander ce service et les deux se seraient retrouvés au Lion d'or, un café où le fils Goaskaradec a ses habitudes, vers la porte Saint-Vincent.

Ma thèse de l'échange devant le restaurant des rochers sculptés prend l'eau. Je dois entretenir la conversation :

— Et vous ne trouvez pas bizarre que l'ami en question ait justement cinq mille euros en cash dans sa poche ?

— Voyons, on parle d'un Goaskaradec.

Il a tout dit et me renvoie la balle :

— Et de votre côté ? Des avancées ?

Pour le coup, moi qui cherchais la manière habile de faire entrer Martial dans la danse, je me retrouve sans biscuit. Je lui avoue donc que non, que nous avons surtout été occupés par les soucis de René. Que l'on piétine n'est pas sans lui faire plaisir. Mais, bon joueur, il reste neutre. Il rebondit sur cette dernière information :

— À propos de votre ami, l'hôtelier a déposé plainte pour grivèlerie aggravée. Pas malins, ces Belges, on a pu remonter jusqu'à eux. Ils sont des environs de Bruges et nous avons déjà saisi les autorités locales. Dommage que votre ami n'ait pas désiré porter plainte, dommage et bizarre, on aurait pu les charger. Tentative d'homicide volontaire, c'est nettement plus lourd que de partir sans payer. Je me demande… mais bon.

Quelques politesses d'usage et on raccroche, bons amis. Vaness' me fusille du regard et je sais très bien pourquoi. Momo attaque le croissant qui restait. Si je compte bien, c'est son quatrième. Je fais le gros dos en attendant l'offensive qui se prépare. Attente courte.

— Tu ne lui as pas parlé des rochers sculptés de Rothéneuf.

Je veux faire le malin :

— Il est du coin, il doit connaître l'endroit.

— Tu m'énerves ! Arrête de faire l'idiot. Je croyais qu'on jouait franc-jeu.

C'est Momo qui prend ma défense. La surconsommation de viennoiseries modulerait-elle ses certitudes ?

— En même temps, je le comprends. Si on n'en garde pas un peu sous la semelle, autant qu'on plie bagage tout de suite.

La future mère de mon futur enfant se met à bouder et se ferme comme une huître. Le « deux contre un » a changé de camp. Et justement, puisque c'était à mon programme de ce matin, je propose qu'on aille faire un tour au Benetin. Voire, pourquoi pas, y déjeuner. Ça sera l'occasion d'interroger le personnel.

— On passe prendre René…

C'est Vaness' qui sort ça et sur un ton qui n'a rien d'une suggestion. Je ne la comprends pas : elle ne le supporte pas et, en même temps, fait toujours tout pour aller vers lui. Esprit de contradiction purement féminin. Mon regard étonné appelle une réponse.

— Nous lui devons bien ça. Il est quand même venu jusqu'ici pour t'aider, non ? Ton attitude envers lui me fait mal.

Je découvre, chez elle, une sensibilité que je ne lui connaissais pas. Et, par la même occasion, je prends conscience, chez moi, d'une ingratitude qui me colle la honte. Nous montons nous préparer en vue de cette expédition. Rendez-vous en bas dans une demi-heure. Comme personnellement je suis prêt, j'en profite pour appeler René et lui demander s'il veut nous accompagner. Il est touché par cette attention à son égard. Plus fidèle que René, il y a le labrador. Je ne vois pas meilleure comparaison.

25.

L'heure de passer à table

Rarement, depuis qu'on se connaît, vous et moi et moi et lui, je n'ai eu l'occasion de qualifier René d'élégant. Même s'il est incontestable que l'arrivée de Paulette, dans sa vie, a très légèrement amélioré le *scoring*. Eh bien, là, j'ose. Imaginez : un bermuda long, mi-mollets, en coton épais comme du jean et fabriqué dans un drapeau américain. Un tee-shirt, époque Beatles et AC/DC réunis, qui est floqué d'une tête de mort couronnée sur un fond d'étendard british. Des chaussures de ville, genre mocassins Weston, sans chaussettes et un peu petites, si bien qu'il a écrasé les contreforts arrière pour les enfiler comme des mules. Le chic international. En plus, il éprouve le besoin de commenter :

— J'ai trouvé que ça d'assorti dans les fringues de Guillaume. Et pis même les drapeaux y sont assortis. Les ricains et les rosbifs, c'est du pareil au même. Coup d'bol que c'était pas l'drapeau ruscof sur le polo. Quand j'pense que cet abruti de la 12, y m'a découpé mon Cotten et mon pull Armor-Lux que j'avais payés un bras! J'aime mieux pas y penser. Et pis, en même temps, comme ça, je fais moins touriste. Les vrais Bretons s'habillent à l'européenne. Comme je suis là. Pour les pompes, j'aurais préféré mes nouvelles tongs, mais comme j'ai cru deviner qu'on allait aussi au restaurant, j'ai pensé que des classiques, ça serait mieux pour s'mettre les pieds sous la table.

Je croise les doigts pour que Le Benetin ne soit pas aussi classieux qu'il m'en a fait l'impression. Les langues vont-elles se délier? Je regarde notre quatuor: une femme enceinte métisse tirant sur le black, un manchot effiloché et pas sympathique pour un sou, un gros (il a regrossi depuis Paulette) habillé « à l'européenne » et mézigue qui ressemble vaguement à Luis Rego sans maquillage (mais en plus jeune). Notre crédibilité, et je n'évoque pas notre légitimité, va être dure à installer. Van' est prise d'un fou rire sans que j'en sache le motif exact. Est-ce l'accoutrement de « son » invité ou est-ce la tête que je fais? Les deux combinés certainement. Je regrette de n'avoir pas convié aussi sa Josette. Ça aurait dilué un peu l'impression que nous allons faire. Ce genre de marginaux, c'est comme les inséparables (je parle des piafs), ça passe mieux en couple. Surtout ainsi colorés. Embarquement et direction Rothéneuf. C'est à quatre ou cinq kilomètres de l'hôtel de René ainsi que je vous l'ai déjà écrit lors de ma première visite préparatoire. Autant vous dire qu'on arrive presque aussi vite que je vous l'écris. Pour trouver le site, il suffit de suivre les flèches. Nous avons de l'avance pour le déjeuner, mais le parking du Benetin est déjà relativement rempli. Les rochers de l'abbé Fouré attirent du monde. C'est le même grand type qui tient la guitoune où j'acquitte le droit d'entrée pour nous quatre. Il ne me reconnaît pas. Normal, il voit tant de gens. Il me réexplique donc le cheminement à suivre. Machinalement, il regarde comment nous sommes chaussés, s'attarde sur les panards de René, hésite et… renonce. On s'enfile à la queue leu leu dans l'étroit chemin qui s'ouvre sur notre droite. Je veille sur Vaness', car ça glisse par endroits et la pente peut être raide. Le Village People est à son aise malgré ses Weston peu solidaires. Au milieu des rochers, il paraît moins grotesque. Nous ne sommes pas seuls à admirer les quelque trois cents sculptures recensées sur les cinq cents mètres carrés du site. Je suis pris de vertige au bord du gouffre de l'enfer où le chemin est particulièrement étroit et surplombe un abrupt. René trouve ça « bof ». Selon lui « ça ne casse pas trois pattes à un canard, mais les environs sont beaux. » C'est vrai que cette partie de lande découpée qui tombe directement dans la mer est impressionnante. On se demande, en voyant leur force, comment il se fait que les vagues n'aient pas encore eu raison de ce bout de falaise oblique. Vaness' est toute blanche. Je la rejoins. Elle me rassure, mais préfère s'asseoir sur une espèce de crocodile qui prend le soleil. C'est vrai que le vent, vif, abrutit un peu. Momo a sorti de sa poche un minuscule appareil photo et s'attache à mitrailler les moindres détails. Il est passionné. On le croirait presque en totale empathie avec l'abbé. René s'improvise guide auprès d'une vieille touriste à l'origine indéterminée qui tient tout juste sur ses cannes. Elle parle une langue que je ne peux définir. Du hongrois ou quelque chose d'approchant. René l'assure disposer d'une place dans sa chambre d'hôtel pour le cas où elle aurait besoin de se détendre après cette éprouvante visite. Il lui baratine qu'il est breton de mère en fils et que ça serait dommage de rentrer au pays sans avoir goûté de vraies spécialités locales. La dame, polie, fait signe que oui de la tête à chaque phrase qu'il termine. Il l'aide à grimper le petit raidillon, qui mène vers le chemin de sortie, en lui poussant les fesses de son énorme et ergonomique paluche. Soudain, la conquête se met à couiner des « *Állj*! *Állj*! »[2] que mon pauvre ami prend pour des encouragements. Je ne suis pas polyglotte, mais le ton me convainc qu'il fait fausse route. Je cours retenir sa main qui s'approche dangereusement du but. Il me regarde, méchamment interloqué. « Qui se permet de m'ôter la main du panier? » semblent me dire ses yeux furibards.

La petite vieille en profite pour s'échapper tout en continuant ses invectives.

— Mais qu'est-ce qui t'prend? J'allais conclure! Y'a des signes qui trompent pas, me lance-t-il.

— Quels signes?

J'aurais mieux fait de clore le débat aussitôt.

— La Greta, elle mouillait un peu à c'qui m'semble.

— La transpiration.

— En Bretagne?

Imparable! Bon, il se calme vite. Un opportun caillou l'oblige à se déchausser et à tapoter sa Weston contre le pif d'une sculpture. Il réalise la situation.

2. « Stop, stop! » en hongrois.

— Au fait ? On fait quoi là ? T'es en vacances ? On rentre quand ? Paske je dois récupérer Paulette samedi à la gare du Nord.

C'est vrai qu'il a été écarté de l'action. Un peu de sa faute d'ailleurs. Je lui brosse le tableau.

— Oui, j'avais compris… pour la tarlouze, me réplique-t-il. J'étais là quand t'as causé avec la cousine. Mais là, ici, on fait quoi ? S'il était là, on l'aurait déjà trouvé.

— Souviens-toi, la dernière personne à l'avoir vu, c'était justement Josette et ici. Jeudi dernier.

Il commence à raccrocher les wagons. Momo, qui a fini son *shooting*, rapplique et me désigne sa montre.

— On n'a pas réservé. Vu l'heure faudrait peut-être qu'on y aille.

Onze heures quarante-cinq, c'est en effet la bonne heure pour débarquer sans réservation. J'aide Vaness' à se relever et, bras dessus, bras dessous, on remonte la pente. René est en train de graver un cœur sur une des statues du père Fouré. Sa contribution solidaire à travers les âges. Inutile d'essayer de lui dire que ça n'est pas convenable. Il nous rattrapera quand il se rendra compte qu'on est partis. Son estomac lui fait office de GPS. La boucle bouclée, nous nous retrouvons devant l'entrée principale du restaurant. Là précisément où Josette prétend avoir aperçu notre disparu. Le garçon qui se précipite ne nous parle pas de réservation. Il y a de la place. Je suis heureux du retard de René, car, sans ça, il nous aurait probablement déclaré que le restaurant était complet. On nous installe sous une immense véranda qui domine la mer. René arrive enfin et le garçon file lui faire barrage. Las pour lui, le nouveau venu lui désigne notre table. Le serveur s'efface et se souvient du sourire qu'il a appris à l'école hôtelière. L'apôtre du bon goût européen s'approche, me tape sur l'épaule et déclare :

— T'as une photo de ton gugusse ? J'viens de sympathiser avec le loufiat, alors autant battre l'fer tant qu'il est chaud.

Je ne sais pas pourquoi, mais je cherche le portrait dans la galerie de mon téléphone et je lui tends l'appareil. Des fois, je ne raisonne pas trop avant d'agir. René tourne les talons, fait une courbette devant sa Hongroise que je n'avais pas vue, cachée derrière son menu à trois tables de la nôtre, et se dirige directos en cuisine. Un brouhaha s'ensuit, puis un grand calme. Je ne veux pas imaginer ce qui se déroule dans l'arrière-boutique. Un certain temps, pour ne pas dire un temps certain, se passe. Les mouches volent et on n'entend plus qu'elles. Un peu le vent aussi à l'extérieur, mais c'est comme si tout le restaurant retenait son souffle. De nouveaux arrivants s'entassent dans l'entrée et attendent qu'on les introduise. Impression surréaliste. Momo me fait signe que je devrais aller voir. Je fais mine de ne pas comprendre le message. Je hausse les épaules et fais semblant, lâchement, de me captiver pour le menu. Une soubrette, qui doit faire des extras, vient accueillir ceux qui attendent, les place et leur distribue des menus. Les conversations reprennent. Un tourteau se casse les pinces à deux tables de moi sur ma gauche. La Hongroise fait de petits signes dans le vide pour commander. Le vol du temps reste suspendu encore quelques longues minutes et, enfin, on perçoit le claquement des Weston, sur le carrelage, qui précèdent de peu René pointant son nez. La salle le regarde, surtout les nouveaux, sans trop savoir s'il faut être inquiet ou rigoler. Il s'assoit. La vie peut reprendre. Le garçon réapparaît, légèrement débraillé, me semble-t-il. Un monsieur que je qualifierais de « patron » vient à notre table pour prendre notre commande. C'est à ce genre de détail que je mesure l'importance du traumatisme vécu en cuisine. Sauf que, finalement, le patron n'a pas l'air si chamboulé que ça. Sans doute même n'a-t-il pas prévenu les forces de l'ordre. René nous regarde tour à tour et lâche :

— Vous pouvez commander, moi, c'est déjà fait. Tant que j'y étais.

Il fouille dans sa poche et me rend mon portable qui, je présume aux traces que j'y découvre, a atterri dans le plat de la mayonnaise maison.

26.

Déjeuner sur le pouce

Au diable l'avarice! Nous sommes trois à craquer pour le *homard* (tarifé au poids) *grillé au Kari Gosse.* René a opté pour des ris de veau, mais a demandé que la mousseline de céleri à la truffe soit remplacée par des frites. Le tout arrosé de Plancoët gazeuse, réserve spéciale. Ce qui ne fait pas les affaires du patron. Momo se laisse séduire par la bière locale et Vaness' commande un verre de blanc. Tout ça est parfait, mais n'est pas l'essentiel. En attendant les plats, nos regards sont tournés vers René qui gesticule sur sa chaise pour attirer l'attention de sa conquête orientale. La dame s'en avise et demande à changer de table. Dans ce genre d'établissement, on ne pose pas de questions. Le client est roi et le maître d'hôtel accède à sa requête. L'endroit qu'elle choisit pour reposer son cul lui garantit une sérénité absolue. C'est Vaness' qui se lance:

— Raconte!

Le loustic, content de lui, déguste ce moment où il est le centre du monde. Il finit par se décider :

— C'était pas compliqué, mais mon p'tit doigt m'a dit que t'aurais encore merdé.

C'est à moi qu'il s'adresse. Vous l'aurez compris.

— Y sont douze à bosser ici. Le patron, le chef, les cuistots, les serveurs. J'ai commencé par annoncer qu'j'allais tout casser et qu'j'étais pas responsable paske je sortais d'l'asile. Et y m'ont cru. Plus c'est gros, mieux ça passe…

Je ne trouve pas ça si gros, mais je préfère le laisser continuer.

— Bref, y'en avait que neuf qu'étaient présents. Un malade, un en RTT et une à la maternité. Sur les neuf, la plupart n'ont rien vu. En cuisine, ça marnait pour le soir. Y'a un serveur que la photo disait quelque chose. Mais il n'est pas sûr. Il connaît pas le fils Le Goff. Le patron, çui qu'a pris not'commande, il a bien vu Gwen… ? Gwendoline ?

— Gwendal.

— C'est ça, Gwendal… Il l'a vu comme a dit Josette. Le gars faisait les cent pas sans bouger sur la terrasse, mais n'est pas rentré dans le restaurant. Il se souvient pas trop de l'heure, mais jeudi ça lui paraît correct. Il a pas fait gaffe à combien de temps il est resté à attendre. Il avait du boulot. Mais c'est pas tout…

Il stoppe net pour ménager son effet. Nous ne mouftons pas et il reprend :

— Une serveuse qui connaît bien tout l'monde dans l'coin, vu qu'elle est née ici, l'a bien vu en arrivant. Elle était en retard à cause d'un copain qui… Mais c'est sa vie, on s'en fout. Elle a même causé avec le marchand d'huîtres qui lui a paru pas comme d'habitude. Je lui ai demandé pourquoi elle disait ça. Elle m'a dit qu'elle l'avait trouvé comme contrarié, pas dans son assiette.

Momo s'énerve :

— C'est ça, ton scoop ?

— Attends, c'est pas fini. J'y ai demandé si elle avait pas confondu avec quelqu'un qui lui ressemblait. Et vous savez c'qu'elle m'a répondu ?

Non, mais il n'attend pas de réponse.

— Que pour sûr non, pask'elle a aussi vu l'autre, le serveur de L'Univers, qu'attendait sur le parking dans une voiture. Et que lui, elle est sûre vu qu'c'est son frère. Z'imaginez ? Le gars qu'on cherche, c'est son beauf, à la bonniche, si on veut voir ça comme ça.

Là, en effet, on avance. Je prends la main :

— Et tu n'as rien demandé d'autre ?

Il me regarde, furieux. C'est vrai que j'oublie trop souvent les bonnes règles de la négociation. J'aurais dû commencer par le féliciter. Là, ça fait juste reproche. Je corrige :

— En tout cas, bravo ! Formidable ! Je suis content que tu aies pris cette initiative.

C'est un peu *too much*, mais comme il le dit lui-même : plus c'est gros, plus ça passe. Son regard se radoucit. Il me répond :

— T'es gonflé. Tu voulais quoi que j'y d'mande de plus ?

Les homards débarquent. Je tente de les soupeser mentalement et la multiplication du poids estimé par le tarif pour cent grammes me donne des vertiges. J'espère ne pas dépasser le plafond de ma carte bancaire. Les ris de veau – au tarif forfaitaire – sont également très bien servis et les frites sont vraiment maison. Comme je n'ai pas vu cet accompagnement au menu, le talent de persuasion de René a joué à plein. Putain que c'est bon ! On réentend les mouches voler en escadrille. L'enquête est sur pause. L'addition, que je redoute, justifie les moyens. La conversation est remise, il ne faudrait pas que ça refroidisse. Je ne sais pas déguster. Quand c'est bon, je mange vite, très vite. Je suis bon premier à avoir terminé mon crustacé. Paix à son âme. Momo me suit de près et Vaness' est à la traîne. Quant à René, il piquait ses ris trois par trois sur sa fourchette. Il ne lui reste que quelques frites qu'il utilise pour éponger la sauce. C'est lui qui rouvre les hostilités :

— T'y aurais demandé quoi d'plus, à la gonzesse ? Remarque, il est pas trop tard. C'est celle-là, là-bas.

Il me désigne une rouquine qui officie sur un autre îlot de tables. Je comprends que son copain l'ait mise en retard la semaine dernière. René se lève comme pour aller la cueillir. Je le retiens. En plein service, ça ne se fait pas. Il se repose sur sa chaise et propose à Vaness' de l'aider à finir. Refus catégorique. Je lui réponds :

— Je lui aurais demandé dans quelle voiture il attendait. Comme c'est son frère, elle connaît sans doute sa voiture.

— Pas con, j'y ai pas pensé. Mais ça peut fout' quoi ?

— Je ne sais pas, mais je pense que les flics ont inclus le véhicule de Jordan dans leurs recherches.

— C'est qui çui-là encore ?

— Le fiancé, le frangin.

— Ah ? J'savais pas son blaze.

— Et je lui aurais aussi demandé si elle n'avait rien vu d'autre.

— Elle a rien dit.

— Tu lui as demandé ?

— Non.

— Il suffit de demander pour être servi. On va l'écouter après le repas. Il est comment le patron ? Tu crois qu'il pourra nous faciliter l'audition ?

— Je comprends rien à ton charabia, mais oui, il est cool. J'la surveille pendant les desserts. Faudrait pas qu'elle se casse à l'improvisse.

Apparemment la fuite n'est pas dans son dessein. Elle chaloupe à l'aise entre les tables qui lui sont affectées et c'est un plaisir de la suivre du regard. Je ne sais pas ce que j'ai avec les serveuses et il faudrait sans doute que je consulte à ce propos. Maintenant que je sais que cette fille est notre prochain témoin, je ne parviens plus à détacher mon regard de sa physionomie avenante. J'ai hâte de l'entendre. Malheureusement, nous sommes arrivés tôt. En tout début de service. Et elle n'a pas fini de se trémousser entre les tables. Quelques clients ont bien terminé, mais le restaurant accepte toujours de nouveaux convives. La Hongroise tend sa carte bleue, paye et se lève. René est à l'affût comme un matou devant un trou de souris. Le gibier fait quelques pas en direction des toilettes, glisse un œil vers notre table et se ravise. Le cul du prédateur ne touchait déjà plus sa chaise. Je sais qu'il cherche une excuse pour quitter la table et lui emboîter le pas. Pour commencer. Le passage aux W.-C. était facile et, certainement selon lui, propice ou propisse. Las, il ne trouve pas comment justifier de sortir d'ici au moment où on a besoin de lui pour nous arranger l'entrevue avec la serveuse et l'accord du boss. Je lis, dans son regard, un infini désespoir. Genre comme un lion qui viendrait de se faire une entorse en coursant une gazelle. Derrière la vitre, en remontant vers le parking, sa Hongroise vacillante lui adresse un discret doigt d'honneur. Langage universel qui rapproche les peuples. René fulmine. De rage, il vide le reste de la corbeille de pain. C'est curieux, mais il n'y a que le patron qui s'occupe de notre table et, fait tout aussi curieux, d'aucune autre. Pour faire diversion, je demande au frustré du calbut de le faire venir. C'est un proactif, ce restaurateur. Pas de vague dans son établissement. Il radine sans barguigner. Sourire commercial aux lèvres et serviette sur le bras.

— Tout va bien, messieurs-dame ? Un dessert vous ferait plaisir ? Aujourd'hui nous proposons une tarte normande revisitée.

René, toujours très culinairement attentif, se fait préciser :

— Elle est revisitée comment ?

— Les pommes viennent de Bretagne.

Comment résister à une telle découverte ? Pour gagner du temps, je commande d'autorité quatre parts. Ce qui ne soulève aucune remarque. Bien vu, alors ! Je fais un signe convenu (je vous laisse deviner lequel) à mon intermédiaire dans cette négociation. Il le perçoit cinq sur cinq.

— Dis voir, Léon, mon chef qu'est là…

Il me désigne du menton et l'autre me fait une courbette tout en me tendant la main et en m'affirmant son bonheur de faire ma connaissance.

— … Mon chef, y voudrait causer cinq minutes avec ta petite rouquine. Celle là-bas, la bien roulée.

Le taulier regarde dans la direction indiquée bien qu'il ait parfaitement compris de qui il s'agissait. Il réfléchit. En plein service, le professionnel qu'il est se trouve un peu embarrassé. On est entre chefs, alors il concède :

— Je vais l'appeler, mais essayez d'être bref. Elle a ses tables.

René :

— Mets-y aussi une tarte.

Étonnement patronal qui n'a pas cette attitude managériale dans ses pratiques. Mon collabo pige.

— Une tarte aux pommes, hé, con !

René se lève et tire une chaise en bout de table. Entre Vaness' et moi. Comme dans beaucoup d'entreprises, la productivité n'est pas laissée au hasard. C'est donc la serveuse elle-même qui se pointe avec les cinq tartes. Elle en dépose une devant chacun d'entre nous en respectant un protocole d'usage. Vaness' d'abord, puis moi qu'elle juge (à tort) le plus âgé, puis René, puis Momo. Sans le faire exprès, elle a tout fait à l'envers. Sauf pour Vanessa qui est bien une dame. Je lui indique sa place et l'invite à s'asseoir. Je sais bien que ça la gêne en plein service et que ça n'est pas dans ses habitudes de se retrouver à la hauteur des convives. Elle jette un œil à son patron. Manquerait plus qu'il l'engueule après cet écart à la procédure. Il lui fait un signe d'apaisement. Elle s'assoit et nous regarde tour à tour. Pour détendre l'atmosphère, je propose que nous ne laissions pas tiédir davantage nos desserts. Silence et petites cuillères. René envoie des clins d'œil à la gamine pour la mettre à l'aise. A-t-elle vraiment besoin de ça ? Elle ne me paraît pas avoir froid aux yeux, la Bretonne.

27.

La serveuse passe à table

La tarte normande aux pommes bretonnes ne fait pas long feu (en vrai, je sais qu'il faudrait écrire qu'elle fait long feu, mais ça ne sied pas à mon lectorat qui, tout comme moi, se satisfait de formules toutes faites). Vite torchée. Je dois donc assumer mon rôle de chef d'équipe. La serveuse a un badge comme ça se fait maintenant et j'apprends ainsi qu'elle se prénomme Nolwenn. Comme la chanteuse mais en rousse. Je profite de cette information pour attaquer :

— Chère Nolwenn, vous avez dit à mon collègue…

René se regonfle, ce qui bouffit (le verbe bouffir existe-t-il ?) la tête de mort couronnée de son tee-shirt british. Il boit du petit lait.

— … que vous avez aperçu votre frère sur le parking le jour où vous avez croisé Gwendal Le Goff ici, sur la terrasse. Vous êtes bien sûre que c'était eux ?

— Comme j'vous vois.
— Avez-vous parlé à votre frère ?
— Non, on se cause plus. C'est un sale con.
Au moins, c'est franc. Et ça me déstabilise un peu. Je m'accroche.
— Il était en voiture sur le parking, avez-vous dit…
— Oui, comme j'vous vois.
— Vous avez reconnu sa voiture ?
— Ça risque pas, il en a pas. La dernière qu'il a pétée, c'était la mienne. C'est pour ça qu'on se parle plus.
Bon, au moins cette info écarte la possibilité que la police remonte cette piste. Je suis sec. Je regarde la fille qui ne me lâche pas des yeux. Gênant. Elle a un petit quelque chose qui mériterait d'être approfondi, mais je ne suis pas du tout en situation. Pour tout vous dire, puisqu'on en est aux confidences, je ne suis presque plus jamais en situation. Et c'est pas l'état de ma copine (comme dirait un jeune qui parlerait de la bénéficiaire de ses œuvres) qui va arranger cela. Momo constate mon embarras. Je réfléchis et rien de bien génial ne vient. Il prend le relais :
— Et, mademoiselle, vous n'avez rien remarqué d'autre ? Un détail pas ordinaire ? Un truc qui vous aurait étonnée ?
La fille fouille dans sa mémoire et ça se voit. Elle a des rides horizontales qui se creusent sur son front et des taches de rousseur qui apparaissent sur ses joues. Spectaculaire ! À ce niveau d'intensité, il devrait en ressortir quelque chose. C'est un peu comme une constipation, faut pousser. Et…
— Si… Attendez… Maintenant que vous l'dites… J'ai bien vu, comme j'vous vois, une

Volvo noire mal garée un peu plus haut avant le virage qui entre au parking. Comme si elle voulait se cacher, que je me suis dit. Dedans il y avait deux personnes. Une que je sais pas qui c'est. Et l'autre, celle du volant, que je crois savoir. Maintenant que j'y repense, c'était un peu comme s'ils avaient suivi Jordy et qu'ils voulaient pas être repérés. Forcément, quand on rentre sur le parking, pas besoin d'aller plus loin. Comme c'est une impasse, faut faire demi-tour pour repartir et tout le monde vous voit.

Momo ne veut pas la perdre.

— Qui croyez-vous avoir reconnu au volant?

— Une ex à moi, de l'époque où je *gouinassais* sévère. Mais je ne suis pas sûre parce que, quand elle m'a vue dans son rétro, elle a tourné la tête pour pas que je la regarde. D'ailleurs, j'ai pas insisté. C'est parce que vous me demandez. Je suis passée devant, j'étais à la bourre à cause de mon copain qui…

— C'est pas grave. Dites quand même. On vérifiera.

Je vois qu'on pratique l'homosexualité familiale, mais à vitesse variable, chez les Le Gouenec. Plus rien ne m'étonne, c'est terrible d'être devenu si blasé. Nolwenn se gratte la tête, hésite et lâche le morceau:

— Maëlys de Latouf, mon ex qui tient à sa particule.

Deux choses m'interpellent immédiatement dans cette déclaration: d'abord que la fille qui est devant moi, regard effronté, ait pu être avec Maëlys de Latouf et, secundo, l'arrivée de cette même Maëlys dans cette histoire. Pour celles et ceux qui n'auraient pas la télé ni Internet, je rappelle que MdL, comme elle se fait appeler, est une influenceuse bourrée de *followers* qui défraye autant la chronique que les médias. Je ne pige rien à cet engouement pour des pétasses surmaquillées, mais c'est un fait qu'on ne peut pas ignorer. À moins que nous soyons en présence d'une homonyme. Ce qui serait étonnant quand même. Je me le fais préciser.

— Non, c'est bien elle. Elle est de Dinard à l'origine et a commencé à se faire remarquer quand elle bossait à France 3 Armorique. Il y a environ trois ans. C'est à cette époque qu'elle m'a larguée et la Bretagne aussi. Mademoiselle visait une carrière nationale.

Difficile de nier qu'elle a réussi son défi. Aujourd'hui, elle fait partie des dix femmes les plus aimées des Français (je me demande bien lesquels) et elle est entrée dans le classement des femmes d'influence du *New York Times*. En trois ans ! C'est d'ailleurs la seule influenceuse dans ce classement des femmes d'influence. Mais alors une question se pose : qu'est-ce que vient faire cette créature artificielle dans les déboires de mon fils d'ostréiculteur aux mains calleuses ? Le seul point commun que je leur trouve est leur orientation sexuelle puisqu'il semblerait que Maëlys aussi est… ce que j'ignorais. Sans vouloir faire mon vieux con, j'aimerais bien qu'on m'explique cette solidarité entre homos des deux sexes, puisque, par nature, leur tendance est de rejeter l'autre sexe. Les cafés arrivent. Je ne sais pas qui les a commandés. Il y en a cinq. Nolwenn, qui n'en boit pas, me glisse sa tasse. Et elle me demande si elle peut reprendre son service en m'affirmant que, promis, elle n'a rien vu d'autre. Elle se lève sans attendre ma réponse et retourne voir ce qu'il se passe dans son carré. Vaness' est déjà sur Google pour voir le pedigree de MdL. Je me penche pour regarder. Des pages et des pages, des sites et des sites sont consacrés à la star. Ses frasques, ses coups d'éclat, sa séparation récente d'avec une chanteuse célèbre dont je lis le nom pour la première fois, ses sponsors, ses tutos qui vantent la réussite numérique, sa vésicule enlevée dernièrement dans une clinique de Zurich et, pour finir, son récent mariage avec un mec qui ressemble à un siphon de lavabo, bref autant de choses qui captivent son public lobotomisé par les écrans. Deux cafés par-dessus tout ça, c'est trop. Rajoutez l'addition qu'on me présente, avec un grand sourire, et me voilà terrassé. J'ai l'impression de me noyer, de manquer d'air, que la terre tourne irrégulièrement. J'ai envie de tout laisser tomber, de foutre le camp, de disparaître. René m'arrache l'addition. Voudrait-il payer ? J'en doute. Il la détaille en marmonnant, se lève et fonce sur le patron qui se croyait débarrassé de nous. Discussion, palabres, ton qui monte, gestes de modération. Un temps passe. Le taulier disparaît. René attend. Le taulier revient. René aussi, à notre table. Il me rend la note en s'expliquant :

— J'ai plaidé le vice de forme. L'aurait fallu qu'on nous pesasse vos bestioles avant de servir pour qu'on voie le poids. Et pis qu'on déduise les accessoires qu'on mange pas : la coquille, la carrosserie des pinces, etc. Et pis j'y ai dit qu'ça s'faisait, dans un établissement comme ça, d'offrir les cafés. Le gars a bien essayé de me dire que s'il ne pesait que la chair qui s'mange le prix serait pas l'même, mais j'ai tenu bon. J'y ai dit que si son bidule était complètement vide, est-ce qu'il ferait payer quand même ? Y m'a dit que ça arrivait jamais. « Ça arrive bien aux moules », que j'y ai répondu. Imparable! Et voilà, il a refait l'addition, mais faut surtout qu'on le dise à personne. C't'une fleur qu'y m'a dit. J'vois pas l'rapport, mais il a fait un geste, c'est l'essentiel.

Belle fleur, trente pour cent de remise. Royal! Je suis un peu gêné, n'aimant surtout pas les esclandres au restaurant, mais mon encours de carte bancaire appréciera. Cerise sur le gâteau, je m'aperçois que le commissaire Buan m'a laissé un message: « Quand vous aurez fini de farfouiller, appelez-moi. » Perspective difficile, car je suis perdu entre ce que je lui ai dit et ce que je lui ai caché. Mentir est un métier que je pratique mal. Sinon je serais député. J'ai besoin d'air. Je propose à René de le redéposer à son hôtel. Je ne me vois pas le traîner tout l'après-midi.

— Non, c'est sympa, mais je vais rentrer à pied. Faut que je passe chez Josette qui habite sur le chemin. Elle m'a fait un plan.

Il déplie un papelard décoloré qu'il sort de la poche de son bermuda qui a un peu déteint. C'est très succinct. Rothéneuf à droite, Saint-Malo à gauche, un trait sinueux qui relie les deux et, vers le milieu, une croix et une adresse: rue du Père-Yvon. J'ai l'impression que c'est tout proche de Paramé. Nous le regardons partir. Ses Weston mode charentaise lui donnent une démarche lourde et traînante. J'estime à environ quatre kilomètres son trajet. Je ne voudrais pas être à la place de ses pieds. Nous quittons le parking pour aller faire le point un peu plus loin. Nous doublons René qui marche pieds nus, ses godasses dans une main. Il discute avec un petit vieux qui tire une carriole. Il a un don pour se faire des amis. Je passe devant un premier café mais je renonce, car René nous y verrait en passant. Je quitte le boulevard qui conduit à Saint-Malo et nous trouvons une terrasse au centre du village. Je dois expliquer la situation à Momo qui est un peu largué. Il n'a jamais entendu parler de cette MdL. Deux mondes les séparent. Je devrais dire « nous séparent », car sans le zappage énervant de Vaness' à la maison, elle serait également passée sous mes radars. Nous sommes tous les trois à ne savoir pas trop quoi penser de cette apparition dans notre décor. Trois Perrier rondelles pour faire descendre les cafés et nous décantons nos pensées. Vanessa s'absente. On l'attend. Au retour, elle a une idée :

— Nous devrions en parler au commissaire.

Une fixation chez elle. Elle est vraiment mal à l'aise dans le privé. Je la reprends sans lui avouer le message reçu de Buan :

— C'est ce que je pensais. Je l'appelle et on y va.

Pendant que ça sonne chez Buan, Momo me tire le bras. Quand il fait ça, c'est que quelque chose lui passe par la tête.

— On a oublié de demander dans quelle voiture était le frangin.

— Est-ce si important ?

— Je sais pas.

C'est ça, le problème : on ne sait rien. Le commissaire décroche.

28.

Au commissariat comme à la confesse

Est-ce la digestion ? Est-ce autre chose ? Je n'en sais rien, mais toujours est-il que je ne sens aucun enthousiasme dans la voix du commissaire. Comme si la perspective de me rencontrer lui était une fatalité imposée. J'ai pourtant tout fait pour l'appâter en lui promettant du nouveau, de l'inédit. Il consent juste, du bout des lèvres.

— Je suis sur la route, on se rejoint à la boutique dans dix minutes. Le premier arrivé attend l'autre.

Et le premier arrivé, c'est lui. De peu. On le voit pénétrer dans le commissariat pendant que je manœuvre pour nous garer. La tête enfoncée entre deux épaules, il paraît bien tassé. On ne se presse pas, histoire de le laisser reprendre son souffle. Mais nous avons à peine franchi le seuil qu'il nous saute dessus. L'air pas commode du tout. Il ne s'exprime que par signes. Suivons-le jusqu'à son bureau. Blafard nous croise, un gobelet de café à la main, et nous salue. J'ai l'impression que notre trio le distrait.

Nous laissons, Momo et moi, passer Vanessa devant pour faire comme une sorte de pare-feu. Buan se pose lourdement sur son fauteuil de boss et nous regarde sans aucune expression qui pourrait trahir le fond de sa pensée. Il se détend, c'est moins pire que je ne l'imaginais. Il attaque directos non sans nous avoir serré, tour à tour et honneur à la dame-collègue, la main.

— On avait pourtant dit « pas de cachotteries ! »

Aïe, aïe, aïe, quelque chose a fuité. Ou alors nous étions sous ses radars. Il faut que je me rattrape aux branches.

— Des cachotteries ? Quelles cachotteries ? C'est justement pour vous rendre compte de nos progrès que je vous ai appelé et que nous sommes là.

— Admettons…

Il n'est pas né de la dernière pluie, c'est un vrai Breton. Il abat une carte, la partie peut commencer.

— Le patron du Benetin m'a prévenu que vous faisiez du grabuge dans son arrière-boutique.

Nous y voilà !

— J'allais justement vous en faire un compte-rendu et vous verrez que nous ne nous sommes pas déplacés pour rien.

J'espérais m'en tirer ainsi. Sauf que…

— J'aurais apprécié que vous m'en parliez en amont et que vous évitiez d'attirer l'attention de témoins de ma circonscription. Vous ne détenez aucune habilitation pour aller emmerder notre faune locale.

Changeons de sujet.

— Et vous, de votre côté ?

— Justement, j'allais y venir. Figurez-vous que j'avais aussi Le Benetin en ligne de mire. En localisant le téléphone de Jordan Le Gouenec, qui a continué de fonctionner un peu plus longtemps que celui du fils Le Goff, nous sommes arrivés, comme vous, au restaurant. Sur le parking plus précisément. Je n'ai pas eu besoin de me déplacer pour avoir des renseignements et le témoignage de la sœur, Nolwenn. Il a suffi d'un coup de fil. J'ai envoyé un gars visionner la bande de l'unique caméra de surveillance qui surplombe le parking. Et, ainsi, nous avons eu la confirmation de la présence des deux lascars. Le Gouenec, en Hyundai de location, est resté au volant. Il est juste sorti quelques minutes pour fumer une cigarette. Le Goff est passé dans le champ en quittant le véhicule. On ne l'a pas vu y retourner. Le Gouenec est reparti, seul, un petit quart d'heure plus tard, et a définitivement coupé son téléphone. On aperçoit la frangine qui passe, regarde en direction du véhicule mais ne s'arrête pas. Ce qui confirme son témoignage. Voilà l'histoire.

Il stoppe pour reprendre son souffle. J'ai toujours la carte de Latouf à mon actif. Je commence à prendre une inspiration pour sortir ce joker, mais le flic ne m'en laisse pas le temps.

— Et puis, comme ça arrive parfois, le facteur chance a joué en notre faveur. Figurez-vous que mon lieutenant a eu la bonne idée de prolonger le visionnage. Il a rapporté ici les captures d'écran des véhicules qui ont continué à manœuvrer dans le champ. C'est comme ça qu'on a pu identifier la Volvo de Nicole…

Je suis largué.

— Nicole ?

Il m'envoie un œil plein de sous-entendus et me rencarde :

— Maëlys, si vous préférez. Nicole Auprêne… Je devrais dire Nicole née Auprêne, puisqu'elle a épousé, le mois dernier et à grand renfort de publicité, Sliman, un rappeur très populaire en Turquie. Un mariage un peu arrangé destiné à *booster* la notoriété des deux tourtereaux au-delà de leurs frontières réciproques. Tous les deux réputés pour leurs orientations homosexuelles non compatibles. « Sliman, le bouffeur de son », comme l'a baptisé la presse people ottomane, n'a rien d'un bouffeur de con.

Il se fend la poire (sans doute bretonne aussi), hoquette nerveusement quelques secondes et se reprend :

— Forcément, la présence de la Volvo venue faire demi-tour sur le parking ne pouvait pas être fortuite. Il faut que je vous dise que Nicole et Nolwenn ont longtemps été en couple et que, par conséquent, Nicole est, en quelque sorte, la belle-sœur de Jordan. Ajoutez à ça le milieu gay malouin, la coïncidence est trop tentante.

Momo bâille, voire baye aux corneilles pour faire plus littéraire. Vaness' gesticule sur sa chaise. Je la pousse du coude pour qu'elle aille se soulager. Je cherche mes mots. Une stratégie aussi. Le commissaire nous a donc, encore une fois, devancés. Je dis juste :

— Bravo…

Ça sonne faux, mais Buan est encouragé à poursuivre et à nous en lâcher un peu plus.

— Merci… Tout est question de rigueur. Bon, je vous aurai tout dit quand vous saurez que, dans la Volvo qui repartait, on a pu identifier Sliman à côté de la conductrice et très certainement Le Goff à la place arrière. En tous les cas, il y avait quelqu'un derrière, et Nolwenn est catégorique : elle n'a vu, en arrivant au restaurant, que Nicole et un second passager qu'elle n'a pas identifié. Même si elle n'est pas tout à fait sûre pour son ex. Mais nous, on sait que la Volvo lui appartient.

Je me risque.

— Et ensuite ? Vous avez pu interroger Nicole de Latouf ?

— J'aurais bien aimé, mais nous avons eu ces infos trop tard. Elle était partie, avec son époux, à Istanbul pour tourner un clip sur le Bosphore. On ne précipite rien, car ils ont un billet de retour pour demain. Blafard et son équipe seront à Roissy pour les réceptionner. D'ici là, on ne bouge pas. Il ne faudrait pas qu'ils renoncent à revenir.

— Et nos deux disparus, ils ne seraient pas du voyage ?

— Non, on a vérifié. Et puis ils ont laissé leurs papiers.

— Avec des faux…

— C'est une hypothèse, mais nous avons scrupuleusement détaillé les passagers du vol vers la Turquie et aucun ne correspondait. Là aussi on a pu voir les vidéos de l'embarquement. On a même poussé jusqu'à s'intéresser aux autres vols sur la période. Rien.

On progresse parallèlement, à petits pas, le flic et nous. Chaque témoignage nous entraîne vers un autre. Comme dans un téléfilm. J'ai beau solliciter mes neurones, je n'entrevois toujours pas d'explication. Au contraire, tout se complique à chaque avancée. C'est Momo qui résume :

— On a un disparu, puis deux. Le principal avait visiblement besoin d'argent. Pour financer quoi ?

Une fuite? Un chantage? Nous pouvons écarter la thèse de l'enlèvement puisque tous les témoignages laissent à penser que le gamin Le Goff était libre de ses mouvements. Tout paraît se passer à Saint-Malo. Le dénominateur commun qui ressort nettement, c'est le milieu gay du coin. Maintenant arrive une starlette. Et la Turquie… Je ne pense pas que ce pays soit important, car j'imagine pas que le projet de clip du couple people se soit décrété en si peu de temps. Ça devait être planifié de longue date. Et puis avec dix mille euros, notre client ne va pas aller bien loin ni bien longtemps. Reste que, malgré tout, il va bien falloir entendre l'influenceuse qui a forcément des choses à dire. Personnellement il y a quelque chose qui me dérange dans l'attitude du père Le Goff. Il ne me paraît pas tant affecté qu'il veut le faire croire. Je me trompe peut-être…

Buan rectifie:

— C'est un Breton et un Breton, ça ne livre pas ses sentiments.

Le commissaire se lève, contourne son bureau, il tape sur l'épaule de mon adjoint et ajoute:

— Sauf en fin de soirée arrosée.

Cette remarque humoristique marque la fin de l'entretien. Nous nous levons à notre tour et Buan nous pousse vers la sortie comme le ferait un chien de berger avec son troupeau. Il nous encercle de ses bras pour nous canaliser et la luminosité du boulevard nous éblouit. J'aimerais avoir une idée, savoir quoi faire. Rien ne me vient. Nous grimpons dans ma voiture et sans vraiment savoir comment, nous arrivons à Cancale. Vanessa parle, je ne l'écoute pas. Momo est calme derrière. Il visionne les photos qu'il a prises aux rochers du père Fouré. Je décide, faute de meilleure inspiration, de raconter à Loïc les scoops du jour. Connaît-il Maëlys? A-t-elle quelque chose à voir avec son fils? Nous rentrons. Il n'est pas encore arrivé. Je croise les doigts pour que l'interception, à Roissy, de Nicole de Latouf porte ses fruits. En attendant, j'appelle le vieux pour le mettre au parfum de nos modestes progrès dans l'élucidation de son affaire familiale. Il est heureux de m'entendre malgré le fait qu'il essaye de se donner un air détaché et peu concerné. Sa Mireille doit le harceler. Bien sûr, il a appris que son collègue d'ici avait enfin ouvert le dossier et, probablement, il sait déjà tout ce que je lui débite. Il m'apprend que Mireille, son épouse, a eu Loïc au téléphone et qu'au moins cette histoire aura eu le mérite de retendre les liens familiaux. Il est même question d'un séjour à venir, au démarrage de la saison des huîtres. Je dois raccrocher, j'ai un double appel. Je ne sais pas comment mettre Saint Antoine en attente. Je panique, je le salue sèchement et je coupe. Pour prendre Buan, qui ne s'embarrasse pas de conjectures ni de politesse:

— On a un cadavre. On passe à la vitesse supérieure.

Coup de poing à l'estomac, sueurs froides. J'ânonne:

— Qui ça?

Mais derrière cette question, je suis persuadé qu'il s'agit de Gwendal. Une intuition forte et inquiétante. Je suis doué pour les intuitions.

29.

Un mort et ça repart!

Le commissaire marque un silence comme si ma question l'embarrassait. J'entends des mots étouffés. Il a la main sur le micro et parle à quelqu'un d'autre. Je devine la fébrilité. Un cadavre, ça arrive, mais pas tant que ça. C'est autre chose que les vols à la tire. J'attends. Il revient.

— Excusez-moi, ça bouge ici. Qui ça ? On ne sait pas encore, mais ce dont on est sûrs, c'est qu'il ne s'agit pas de nos loustics. Je viens juste de recevoir le prérapport de l'Identité judiciaire qui vient de récupérer le colis.

Mon intuition en prend un sérieux coup, mais je suis content. Maintenant, y a-t-il un rapport avec notre sujet ? Je demande.

— Probablement, mais rien de certain encore, qu'il me répond.

— Vous l'avez trouvé où ?

— Un coup de chance, si on peut dire. Un pousseux...

Il s'arrête, réfléchit et poursuit :

— … Un gars qui va aux crevettes si vous préférez. Il y a une heure environ, sur la plage du Val à Rothéneuf. C'est les grandes marées et à marée basse la mer se retire loin. C'est le bon moment pour les crevettes. Le gars poussait son pousseux quand il a heurté un obstacle. Il avait de l'eau jusqu'en haut des jambes. Il a voulu contourner ce qu'il prenait pour une roche quand il a poussé quelque chose de mou qui résistait. Il a voulu voir ce que c'était et c'est comme ça qu'il a trouvé le corps lesté au bout d'une corde. Entre deux eaux et à marée basse de grande marée, il ne risquait jamais d'apparaître à la surface. Il nous a prévenus et une équipe de chez nous ainsi que l'IJ étaient sur place dix minutes plus tard. Il fallait agir avant que la marée remonte sinon fallait envoyer des plongeurs. Pas beau à voir, le bonhomme. À moitié béqueté par les crabes. Il avait déjà un avant-bras détaché et qu'on n'a pas retrouvé.

Passionnant, mais cela n'a peut-être rien à voir. Je demande :

— On a déjà une idée de la date de la mort ?

— Justement, oui. Et assez précisément. Pas grâce à l'autopsie ni aux premières constatations du légiste, car, dans ces conditions, c'est difficile de se prononcer. Mais grâce au lest. On peut dire que ça remonte exactement au moment où nos deux lascars ont disparu. En tous les cas, ça peut.

Il est bien mystérieux et il ménage ses effets. Je l'écoute.

— Le mort était lesté avec un bloc-moteur de Berliet…

Je pige tout de suite en me remémorant la culasse récupérée par René.

— Et figurez-vous que, justement, sur le quai Surcouf, on a eu, pendant une dizaine de jours, un tas de ferraille en attente d'embarquement. Il était donc facile, à cette occasion, de se procurer ce genre d'article.

En effet, j'ai été témoin du chargement. Je vous en ai d'ailleurs parlé, il me semble. Et ça, à deux pas du chantier de Prigent. Là même où a été aperçu Gwen par Josette. C'est peut-être une coïncidence. Mais peut-être pas. Le commissaire poursuit sur sa lancée :

— Ce dont on peut être certains, c'est que le corps n'appartient pas à un de nos recherchés. Premièrement parce que l'immersion est antérieure aux derniers témoignages qui les ont vus vivants et, deuxièmement, les caractéristiques physiques ne correspondent pas. J'espère que l'ADN va parler. On cherche parmi les déclarés disparus, mais ça ne donne rien pour l'instant.

Je ne m'en étonne pas quand je vois comment ils sont réticents, dans le coin, à se lancer à la recherche des disparus majeurs qu'ils considèrent volontiers comme volontaires.

— Bon, il se fait un peu tard, je vous laisse.

Et il raccroche. Je reste estomaqué mais un peu moins. Une deuxième intuition me dit qu'on tient enfin quelque chose. Certes je dois me méfier de mes intuitions, mais, à force, il y en aura bien une pour matcher avec la réalité. Momo ne fait aucun commentaire et se retire dans ses appartements, mais Vaness' me semble sidérée. Elle me sort :

— Ça sent mauvais.

Avis que je partage confusément. Une vibration des vitres de notre chambre m'apprend le retour du Dodge et de son gros V8. J'ai besoin de me confronter à mon client. Vanessa s'allonge. Le bébé commence à lui bouffer de son énergie. Je lui propose de rester se détendre et je descends. Je rejoins Loïc dans le hall où il quitte ses bottes de fonction. Il est souriant. Il m'explique que sa négociation du jour a été suivie d'une grosse commande pour les fêtes de fin d'année. Et, sur un ton déplacé, il annonce :

— Finalement l'absence de Gwen ne change pas grand-chose, la récolte de la prochaine saison est écoulée.

Puis il s'assombrit. Jouer les matamores ne correspond pas à sa nature profonde. La réalité lui revient en pleine face. Je ne suis pas doué pour réconforter. Toujours maladroit, j'ai peur de prononcer le mot qui ne convient pas. Alors je me tais et je compatis en le suivant comme un petit toutou jusqu'à la cuisine. Il sort une crêpe du frigo et me la tend. Bonne idée ! Il s'en prend une aussi et remplit deux verres de cidre (breton). On est côte à côte sur le mange-debout à regarder ce qu'il se passe par la fenêtre, qui donne sur la rue, en mastiquant nos crêpes caoutchouteuses. Le cidre, c'est du brut, pas ce que je préfère. Et du brut de brut, croyez-moi. En bain de bouche, ça doit détartrer vos dents aussi bien que du vinaigre ou de la paille de fer. Idéal aussi pour vous décalaminer l'estomac. Nous ne parlons pas. Gênés. Chacun cherche un angle d'attaque. Une deuxième crêpe complète la première. Il me faut ça pour éponger et je ne la refuse pas. Même si je sais que je vais chipoter au dîner.

C'est Loïc qui se lance avec des trémolos dans la voix :

— Excusez ma blague. En réalité, je vis mal tout ça. Buan m'informe et ce qu'il me dit corrobore vos résultats. Je suis rassuré sur le fait que Gwen soit vivant, mais les questions s'entassent. Qu'est-ce qu'il a fait ? Qu'est-ce que j'ai fait ? Comment en est-on arrivés là ? Pourquoi je n'ai rien vu ? C'est vrai que je n'ai jamais vraiment accepté, et encore moins encouragé, son orientation sexuelle, mais il me semblait que nous étions parvenus à un *statu quo*. Et puis je le laissais vivre sa vie. J'aurais dû…

Il marque un temps d'arrêt.

— J'aurais dû quoi ? Si seulement je le savais.

— Vous n'avez rien à vous reprocher. Votre fils est adulte et je n'ai pas l'impression que votre opposition de principe était un frein pour lui.

Le commissaire Buan, dans l'excitation de la dernière découverte macabre, n'a pas dû avoir le temps de lui faire un compte-rendu. Je le fais donc en choisissant mes mots et en écartant même le moindre signe inquiétant. L'effet est à l'opposé de ce que je souhaitais. Blême n'est pas suffisant pour le décrire. Il cherche ses mots pour m'annoncer que si ce mort a un rapport avec son fils, c'est plutôt préoccupant. La causalité est, à son avis, une possibilité. Je tente une diversion en évoquant Nicole-Maëlys. Il la connaît. Assez bien même puisque c'est une fille du pays. À une époque il avait même pensé qu'elle et Gwen… Enfin, c'était du rêve. Un rêve qui s'est écroulé quand il a appris qu'elle aussi… Je mets des petits points exactement où il termine ses phrases, témoignant ainsi de ses difficultés avec le sujet de l'homosexualité. Il me demande, distrait :

— Et vous ? Vous en pensez quoi ?

— De quoi ?

— De… De l'homosexualité, des mariages gays… enfin de tout ça ?

— Eh bien, rien. Vous savez, moi, tant que ce n'est pas obligatoire, ça ne me gêne pas. Chacun fait ce qu'il veut dès l'instant que c'est entre adultes consentants.

Je serais presque tenté de lui faire des confidences, de lui parler d'Enzo, de ses mères, mais il convient de garder ses distances. Notre relation est avant tout professionnelle. Il hoche la tête.

— C'est vous qui avez raison. Mais j'ai du mal. J'imagine que pour Théo, c'est pareil.

Je mets un petit temps à identifier, dans ses propos, son demi-beau-frère, comme dirait l'intéressé, et je ne peux m'empêcher de surenchérir :

— Saint Antoine ? C'est pire. Bien pire.

Il hausse les épaules et sourit. Sans le faire exprès, il a déverrouillé un truc en moi. Un truc que je n'identifiais pas et qui causait un malaise : et si la disparition ou la fuite de son fils avait pour raison ce macchabée abandonné à l'appétit des crevettes ? Momo redescend, nous retrouve, accepte un verre de cidre et confirme :

— Les gars, j'ai bien peur que ce mort soit le début de l'histoire. Tout s'expliquerait : cette disparition non préparée, ce besoin d'argent liquide. À mon avis, les mômes sont en planque quelque part, pas très loin, et claquent des dents.

Il retend son verre. Ce cidre n'a pas d'effet astringent sur lui. Il remercie Le Goff et s'adresse à lui :

— Essayez de vous souvenir des jours qui ont précédé ce départ brutal. Y'a-t-il eu un événement particulier ? Un truc pas ordinaire ? Un incident ?

L'autre termine la bouteille et se concentre. Il hésite, s'illumine puis s'éteint de nouveau. Il a beau chercher…

— Non, je ne vois pas. En réalité, je suis incapable de vous dire quand j'ai constaté l'absence de Gwendal. Il vivait ici, mais nous avions chacun notre vie et il ne me rendait plus de comptes depuis longtemps. Parfois il partait dans son appartement de Paramé. Son absence n'avait donc rien d'inquiétant.

— Vous l'avez pourtant bien constatée à un moment.

Il nous regarde avec un air de chien battu, complètement dépassé.

— Non… enfin si ! Au travail. Il avait rendez-vous, à l'entreprise, avec notre banquier pour négocier un crédit de campagne…

Une voix nous surprend dans le couloir.

— Un crédit de campagne ? À la mer ? Va falloir que vous trouviez mieux, mon gaillard !

René apparaît dans l'encadrement de la porte. Ma sagacité m'informe qu'il est passé par La Rotonde car il a remplacé ses « chaussures de ville » par ses tongs. Sans comprendre ce tsunami, Loïc termine sa phrase :

— … et on l'a attendu. Finalement, c'est avec moi que le banquier a négocié et c'est à partir de ce moment que je me suis inquiété.

Momo s'adresse à René.

— T'es venu comment ?

— En taxi, avec un voisin de Josette qu'est taxi. Un mec sympa à qui elle fait la comptabilité à c'que j'ai compris. Ou la compatibilité, j'ai pas bien pigé. Bref, il a pu d'permis en c'moment à cause d'un apéritif qu'a mal tourné. Alors, comme il bosse pas, il a pu m'em'ner. Mais détourne pas la conversation. C'est quoi, c't'histoire de campagne ?

Loïc, apparemment familier des excentriques de ce genre, le renseigne :

— C'est un crédit pour les activités saisonnières. Il est utilisé pour financer les périodes creuses et se rembourse avec la récolte.

— J'vois pas l'rapport avec la cambrousse.

Je bloque Le Goff qui s'apprête à répondre. Inutile de laisser René nous pourrir l'ambiance. Cerise véreuse sur le gâteau : dans son sillage apparaît la ravissante Josette qui semble plus que légèrement défoncée (dans plusieurs sens propre et figuré de l'adjectif).

30.

René, producteur, et tour de chant

— Bon, on reste pas, on est invités.

Ouf! Soulagement. Je demande:

— T'es… enfin, vous êtes venus faire quoi ici?

— Juste passer. C'était sur not' chemin. Tous les jeudis soir, Josette chante dans un cabaret ici, à Camaret.

— Cancale, corrige l'artiste.

Spontanément, je n'ai pas perçu, en la voyant, que la cousine-fiancée, l'amour de vacances de mon pote, était habillée en chanteuse. Façon un peu comme les filles d'Abba, tunique minijupe et cuissardes mais de la qualité « farce et attrape » ou déguisement type Foirfouille. Avant de tourner les talons et que le couple parte vers son destin, René ajoute:

— Ah, et pis oui aussi. On repart toujours samedi? Faudrait que j'sois pour sept heures, du soir, à la gare du Nord pour récupérer Poulette.

C'est plus une injonction qu'une question, car il n'attend pas la réponse. Le gars du taxi patiente sur le perron. L'apéritif de trop doit être récent puisqu'il en porte encore des stigmates évidents. Le couple monte dans une 404, le chauffeur à son tour. Il bloque sa portière avec un tendeur qu'il enroule dans les montants et démarre dans une fumée blanche qui en dit long sur l'état du joint de culasse. À moins qu'un nouveau pape n'ait été élu récemment. L'intermède est terminé mais il a cassé l'ambiance. Que faire en attendant l'interpellation de la pin-up ? Le Goff, qui n'a rien prévu de particulier, appelle Le Goéland Boiteux et Chantal lui confirme qu'il y a de la place. Le jeudi, c'est jamais folichon. On y va à pied. Comme rien ne nous sera épargné, nous nous apercevons que le « cabaret » évoqué par René est un local squatté à trente mètres de notre restaurant. Et le jeudi, contrairement à ailleurs, c'est blindé. Une faune peu engageante, deux voitures de la gendarmerie pour sécuriser le quartier, je ne m'étonne plus que ça soit calme chez les voisins. C'est contradictoire, mais cette nuisance apporte un air atypique qui n'est pas si déplaisant que cela, au final. René est en terrasse, assis sur une chaise rafistolée, avec Josette sur ses genoux. Pour l'instant il ne nous a pas vus. Il est occupé à lui lubrifier les cordes vocales en lui roulant pelle sur pelle. Chantal a quelques mots désagréables à l'encontre de ses bruyants voisins du jeudi :

— Heureusement que c'est une fois par semaine. Le souci, c'est que ça s'installe et que, bientôt, ce bordel à ciel ouvert va être considéré comme une curiosité locale. Et attendez, vous n'avez rien vu… Euh… si, je veux dire, vous n'avez rien entendu.

Quand leur Josette s'y met, *a cappella*, même les goélands la ferment. Venez à l'intérieur, ça sera plus calme.

Nous préférons rester en terrasse, mais nous choisissons une table discrète. L'air est doux, les goélands braillent encore, la marée monte doucement. À moins qu'elle ne descende. Des promeneurs en couples ou solitaires ou suivant un clébard se croisent sur le quai. Un bateau retardataire décharge tout au bout de la jetée de la Fenêtre. Le soleil baissant allonge les ombres, comme chaque soir, et un vague clapotis parvient encore à couvrir l'ambiance cacophonique de nos bruyants voisins. Josette et René ont disparu. Échauffement dans la loge ? Le gars du taxi est seul à une table. Une bouteille l'accompagne et il regarde par terre comme s'il surveillait ses godasses. Deux extras improvisés font le service. Service minimum : pinard et canettes de bière. Belle et harmonieuse communauté. Chantal revient vers nous.

— Je prends les commandes maintenant parce que dans cinq minutes on ne va plus s'entendre.

Excellente initiative, car, en effet, un larsen puissant nous sort de notre torpeur crépusculaire. En plus, il y a de la sono. Ça promet. Je suis sûr d'une chose, c'est qu'on ne va pas s'entendre manger. Josette arrive, sous les applaudissements, éclairée par un mec, sans doute l'ingé-lumières, qui l'arrose avec une lampe de poche. Pour l'instant ça ne donne pas grand-chose mais, de nuit, ça doit être royal. Pas d'orchestre, pas de bande son (l'ingé-son doit être en RTT), juste un micro et la môme derrière. Elle a un petit quelque chose de Piaf, les gros seins en plus. Sauf dans l'accoutrement et dans le répertoire. René a réapparu. Il a l'air con et décalé avec sa carafe d'eau et son verre à pied, malgré ses efforts d'intégration. Et c'est parti! *La Balade des gens heureux* de Lenorman (une vraie provoc ici). Comment vous dire? C'est faux, mais ça monte fort dans les aigus, les paroles sont approximatives et, pourtant, l'ambiance est là. Momo immortalise pour son pote. Faudra juste, peut-être, qu'il évite de sortir ces souvenirs de vacances devant Paulette. Lenorman massacré, on passe à Claude François, une valeur sûre. Josette assure vraiment. En plus de défoncer *Alexandrie Alexandra* d'une façon tout à fait originale, elle se démène en faisant « *herself* » les quatre Clodettes. Étonnant qu'un producteur parisien ne l'ait pas encore repérée. On voit tant pire à la télé. Du coup, nos plats défilent mécaniquement sans nous emporter par leur saveur. Je me souviens de quelques frites pendant *Les Lacs du Connemara* et d'un goût de crêpe-beurre salé pendant *Les Neiges du Kilimandjaro*. C'est tout. Les gendarmes sont sortis de leur véhicule et les plus hardis dansent sur le trottoir. Chantal hausse les épaules en nous les désignant.

— Comment voulez-vous que ça s'arrête? En plus le chef, le grand, celui qui a retiré son képi, c'est un cousin de l'organisateur. Ici, on est tous cousins les uns des autres, c'est le problème.

René entame sa deuxième carafe. Lors de chaque pause, il se lève et va saluer le public à côté de sa dulcinée. On dirait Johnny Stark et Mireille Mathieu à leur grande époque. Au moins un qui profite de son séjour. Il en aura des choses à ne pas raconter à son retour! C'est lui, pendant ce qui ressemble à un entracte, qui balade le chapeau entre les spectateurs.

La recette va être exceptionnelle, car notre pote est convaincant. Quand ça rechigne ou que sa chipote, il n'hésite pas à fouiller les poches de sa main libre. S'il continue ainsi, la Josette va lui proposer un poste de manager et ils vont devoir passer de l'hebdomadaire au quotidien. La chanteuse promet une séquence « Céline Dion ». Dommage, on vient de terminer. Et puis, trop c'est trop. Le Goff donne le top départ. Nous éviterons ainsi le carnage. Pas tant que ça, car, en abordant la montée du retour, on prend plein les oreilles de *The Power Of Love*. Josette a le talent de transformer une chanson délicate en hurlements. On ne comprend pas les paroles, évidemment, mais elle insiste très lourdement dans les envolées. Le final est remarquable, même les goélands, qui se tiennent à distance, s'y mettent. René doit en être tout chamboulé. Je crains pour la qualité des huîtres cette année, mais ça n'est pas mon problème. Les derniers mètres sont laborieux. Nous sommes tous en état de fatigue et de sidération. Notre hôte nous propose une tisane, c'est vous dire. Et nous acceptons, c'est encore plus vous dire. Vanessa monte directement, son mug à la main. Momo et moi, nous restons plus par politesse que par conviction. Le vent nous ramène, modulé, l'organe de Josette qui continue à s'époumoner sur le quai. C'est distordu et indéfinissable comme si le son s'était intégré au paysage. Faute de refaire le monde, on refait l'histoire. Mollement et en tournant en rond. Désormais j'ai baissé les bras et j'attends tout du commissaire. Il tient le bon bout. J'en suis persuadé, Momo en est convaincu aussi et Loïc paraît désabusé. Comme un condamné qui attendrait le coup de grâce. Qui nous verrait autour de la table basse du salon, irait directement nous réserver une place au cimetière du coin. Pitoyables. Le concerto doit être terminé, car le vent du large ne nous apporte plus rien que les sons ordinaires. Les sons bretons faits de vent et de cris d'oiseaux. La porte d'entrée s'ouvre. C'est Chantal. Les jeudis soir elle dort ici. Les *afters*, chez les squatters, sont insupportables. Surtout quand, après quelques bières, les gendarmes s'en mêlent ou s'emmêlent en ne sachant plus exactement dans quel camp ils sont. Tous cousins jusqu'à au moins trois ou quatre heures du matin. Nous regagnons chacun nos quartiers après une dernière tisane avec la nouvelle arrivante. Je vais encore devoir me relever pour pisser dans la nuit. Je me douche. Vaness' dort. Son mug est resté plein sur la table de nuit. Un orage lointain donne un air lugubre à notre chambre. Je tire les doubles rideaux. Il y a toujours de la lumière chez Momo. Je me couche. Le vent s'intensifie et me berce. Je ne tarde pas à laisser entrer de drôles de rêves, faits d'impressions fugaces et désagréables, et je m'endors. Combien de temps ? Pas longtemps. Un remue-ménage me tire du lit. En bas, ça chuchote fort et nerveusement, des chaises se déplacent. Je suis pris d'un indéfinissable malaise. Après on dira que je n'ai pas d'intuition. Ça grimpe l'escalier quatre à quatre et j'entends des coups discrets à notre porte. Je me lève. J'ouvre. Loïc, dans un état pas possible. Incohérent, excité, incapable de s'exprimer. La tisane ? Trop de Viagra ? (On est jeudi.) Il cherche ses mots, bafouille, pleure. Je sors sur le palier. Inutile de réveiller Vaness' qui ronfle doucement en gigotant sous la couette. Et là, forcément, je comprends.

31.

Douche froide

Au bas de l'escalier, deux types hagards. Il me faut peu de temps pour reconnaître Gwendal et supposer que le second est Jordan. Momo, qui n'était pas encore couché, nous rejoint sur le palier. Chantal fait du café. L'odeur monte. Nous descendons. Loïc est affolé. Tout se mélange pour lui : bonheur, excitation et, voire, colère et inquiétude. Je ne suis pas à sa place, mais il en fait trop. Les deux jeunes sont plus calmes. Ils paraissent en bonne forme et ne semblent pas avoir souffert, du moins physiquement, de cet épisode. Chantal dispose un plateau avec des tasses sur la table basse autour de laquelle on se tasse (tasses, tasse, exercice de style. Si vous ajoutez basse, me voilà poète). À qui le canapé, à qui les fauteuils. C'est désordonné, mais une fois installés, la tension baisse. Les questions ne vont pas tarder à fuser. Je nous présente, Momo et moi, et explique notre rôle. Gwen sourit mollement quand j'évoque sa tante et son demi-oncle. Le plus nerveux, c'est le père Le Goff. Et c'est rien de le dire. Il parvient toutefois à lancer les hostilités :

— Mais qu'est-ce qui vous est arrivé ?

Embarras mutuel des deux nouveaux venus. Ça a l'air ardu à sortir. Jordan n'exprime rien, il suit le mouvement.

Loïc insiste :

— Vous étiez où ?

La réponse est facile et Gwen se lance :

— Pas loin, à Saint-Malo, dans l'arrière-boutique d'un local commercial vide appartenant au père de Martial.

Étonnement du paternel.

— Vous y faisiez quoi ?

— On se cachait.

— Mais pourquoi ?

Silence gêné des deux. Jordan ne quitte plus des yeux ses chaussures et Gwen nous balaye du regard, inquiet, indécis. Loïc insiste :

— Vous ne pouviez pas rester dans ton appartement de Paramé ?

— Non.

— Et pourquoi ?

— On pensait qu'il était surveillé.

— Mais par qui ?

Je sens que ça vient. Il est trop tard pour reculer. La confession va pouvoir débuter et, croyez-moi, il ne suffira pas de deux *Notre Père* et de trois *Ave Maria* pour régler le problème. Je propose aux garçons de nous expliquer en commençant par le début. Je les mets en confiance en leur disant que, maintenant qu'ils sont là, le plus dur est passé. Des paroles toutes faites qui tombent bien à plat. Nous allons vite nous en rendre compte. Jordan lève les yeux et les baisse aussitôt comme s'il voulait donner le top départ à son compagnon. Gwen se lance :

— Commencer par le début…

— Oui, c'est mieux.

Je vois, à son expression, que ce début lui semble loin. Mais il y va :

— Il y a deux semaines environ, Jordan et moi nous nous baladions, en pleine nuit, sur le quai qui surplombe les casiers. Nous étions… enfin, j'étais de veille…

Loïc le coupe et explique :

— On a organisé un tour de garde pour les voleurs de casiers. Toutes les nuits, à marée basse, on a un ou deux permanents appartenant aux différents exploitants qui font des rondes jusqu'à ce que la marée remonte. On est obligés sinon on nous vole des casiers. C'est devenu une vraie calamité. La presse en parle souvent. Depuis qu'on a instauré ce dispositif, c'est terminé.

Gwen récupère, organise ce qu'il va dire et attend que son père lui rende la parole.

— Cette nuit-là, c'était mon tour…

Je le coupe à mon tour et m'adresse à son père :

— Vous ne nous aviez pas dit ça.

— Non, je connais mes dates au planning, mais je ne maîtrise pas celles des autres. Chacun est responsable.

Le fiston s'agace. Si on l'interrompt tout le temps, il ne va pas y arriver.

— Cette nuit-là, donc, Jordan est venu avec moi. On est arrivés un peu à la bourre. La marée était déjà bien basse. Elle remontait même. Deux mecs, qui devaient surveiller, en ont profité pour s'attaquer à des casiers. Pas des nôtres, c'est bien là le problème. On les a vus du bord et on s'est donc précipités pour les choper. Un des deux a pu nous échapper, mais on a attrapé celui qui s'était pris les pieds dans une amarre.

Là, il se tait et son ami se tasse encore plus. La narration devient douloureuse.

— On a voulu lui donner une leçon, lui faire peur. On l'a attaché à un support du parc, au bout, là où la marée commençait sérieusement à monter. La nuit était noire, sans lune. On a fait semblant de le laisser là. Pour lui faire peur. Et nous sommes repartis vers le bord. Mais plus on s'éloignait, moins on y voyait clair. À un moment, on a paniqué. On ne le voyait plus. Incroyable comme cette marée montait vite. Et puis c'était pas nos casiers, on se repérait mal.

Il nous regarde, les larmes aux yeux, et poursuit :

— On ne l'a pas retrouvé. Impossible. On a cherché longtemps, très longtemps, mais, à la fin, la marée nous repoussait vers la plage.

Je commence à comprendre. Pas tout encore… Mais je devine qu'il y a un rapport entre leur voleur et le noyé de la plage du Val. J'observe le père qui ne moufte pas. Son cerveau carbure sans que je comprenne si c'est de la colère ou de la compassion. Gwendal reprend :

— On a pourtant tout essayé. Le second avait disparu. Il n'a même pas essayé de nous aider. Pourtant il a bien dû voir qu'on cherchait son copain. Et puis il n'y avait plus rien à faire qu'à attendre la marée basse.

— Et vous avez attendu tout ce temps ?

Regard affolé, coupable.

— Non, on est rentrés. Mais on savait que, le matin, les équipes allaient commencer la journée et que, fatalement, les gars allaient découvrir le mort. On a paniqué. Parce que, forcément, il suffirait aux flics de consulter le planning des surveillances pour arriver à moi. Jordan aurait pu reprendre ses habitudes, faire cavalier seul, il ne risquait rien et je lui fais confiance. Mais il a voulu rester avec moi.

Bel exemple d'amour.

— Dans ma tête, les carottes étaient cuites. Les flics étaient à nos trousses. On s'est retrouvés à la rue, sans oser rentrer. Et, comme un con, j'avais oublié nos papiers et moyens de paiement dans l'appart de Paramé où nous avions passé la soirée en attendant l'heure de notre ronde. Il a fallu qu'on se débrouille.

On connaît assez précisément la suite. Je lui raconte comment on a remonté la piste : Josette, la témoin, Prigent, le chantier, l'histoire du bateau remboursé, Martial le dépanneur, etc.

Il hoche la tête et valide au fur et à mesure que j'évoque ces étapes. Je devine que Martial a aussi été le logeur. Il confirme, mais explique :

— Martial est un ami. Il ne sait rien, on ne lui a rien dit. Il ne faudrait pas l'inquiéter.

Je ne peux rien promettre, mais je ne vois pas pourquoi il serait inquiété dans ces conditions. Surtout avec les relations qu'il a. Je vois son visage se défaire pendant que je lui raconte que les flics ont mis du temps à le rechercher et que, en plus, ils le recherchent uniquement à titre de disparu. Momo, qui n'a rien dit encore, prend le relais :

— En réalité, personne n'a retrouvé le mort. Il y a bien un corps qui a été repêché mais à dix kilomètres et quinze jours après. Un mort lesté d'un truc en ferraille. Était-ce le vôtre ? On n'en sait rien. Probablement.

L'incompréhension règne et aussi une certaine forme de soulagement. Et si leur crime avait été parfait ? Et s'il n'y avait rien à voir entre les deux morts ? Trouver des cadavres aux alentours de Saint-Malo est monnaie courante. La mer se nourrit de noyés. Une question me vient :

— Et Maëlys de Latouf, pourquoi lui avoir donné rendez-vous au Benetin ?

Il me regarde, étonné. Ça fait plaisir d'impressionner.

— Nicole ? C'est une amie d'enfance. Je l'ai contactée… C'est aussi l'ex-belle-sœur de Jordy. Je l'ai appelée pour qu'elle me dépanne discrètement. On avait besoin d'argent. On comptait fuir à l'étranger. Nicole m'a juste remis environ dix mille euros supplémentaires, c'est tout ce qu'elle avait de facilement disponible en espèces.

Il rigole nerveusement.

— C'était la jarretière de son mariage. Il y avait de tout en billets, un gros paquet. Elle avait gardé les chèques. Je pensais qu'au Benetin, vu le passage, nous ne serions pas repérés. Jordy m'a accompagné et est reparti à cause de sa frangine qui l'avait vu. Nicole et Sliman m'ont ramené à la vieille ville.

Tout cela est cohérent. Le père ne moufte pas. Il oscille d'avant en arrière sur son canapé, soutenu par Chantal qui s'est collée à lui. Comme si quelque chose le coinçait, comme s'il hésitait. Et puis, soudain :

— Le mort, c'est le même…

Tous nos regards se tournent vers lui. L'incitant à davantage d'explications. Il est choqué mais fait un effort.

— Maintenant je comprends et je peux raconter la suite.

Il avale son café et poursuit :

— Le lendemain de cette nuit que tu viens de nous raconter, les ostréïs ont démarré dès que la marée était suffisamment descendue. On arrive sur le parc un peu tous en même temps et chacun se répartit sur ses rangées. Je n'y étais pas personnellement, mais Da Cunha, notre chef de culture, m'a raconté quand je suis arrivé un peu après. Un de mes confrères a bien retrouvé un macchabée ligoté à un de ses supports à casiers. C'est notre voisin. Ce genre de découverte signifie la fin de la saison. Le parc allait être mis sous scellés. Dans la panique, on n'a pas pensé, j'avoue, à un voleur et on n'a même pas envisagé de vérifier nos rondes de la nuit. Il y a eu concertation entre tous les collègues du parc. Il était évident, pour nous tous, qu'il s'agissait d'un règlement de comptes entre truands locaux. Un confrère a même comparé ça aux barbecues marseillais où les gars sont cramés dans la garrigue. Pour détendre l'atmosphère, il a appelé ça un « barbecue breton ». Il fallait décider vite. Et surtout avant l'afflux de visiteurs. Quelques péquins étaient bien sur le quai à nous regarder travailler, mais trop loin pour voir les détails. Les décisions ont été prises. Collégialement, si je peux dire. Le mort a été détaché et déposé dans une barge. Un gars était chargé de récupérer un lest, mais il ne devait pas pouvoir être rapproché d'un de nos chantiers. On l'a vu revenir une bonne demi-heure plus tard avec un morceau de moteur. Ensuite, tout a été vite. On a attaché le mort au bloc de ferraille, on a démarré la barge et deux gars se sont chargés d'aller larguer le tout au large. Enfin pas trop au large, car nos barges ne sont pas faites pour. Je sais qu'ils ont fait du cabotage et sont allés le plus loin possible de Cancale. Personne n'a souhaité leur demander des précisions.

Je regarde Gwen et son copain. Ils sont vidés et sidérés. Maintenant nous sommes presque certains que c'est leur pilleur de casiers qui a été retrouvé au large de la plage du Val. Je les laisse cogiter avec leur conscience, mais je ne vois pas comment ils vont pouvoir échapper à la justice. Loïc est terrassé. Le rôle des ostréiculteurs n'est pas bien « méchant » au regard de la loi « dissimulation de crime » et très dilué par le nombre de participants à l'opération « plage propre ». Je plains le juge qui va avoir la charge de dépatouiller les responsabilités pénales de chacun. Surtout dans ce contexte, pesant très lourd localement, des pillages de parcs.

32.

Pour un casier de plus

Il se fait tard et, même si personne n'a vraiment envie de dormir, la raison veut qu'on remette à demain ce qu'on ne pourra plus faire aujourd'hui. Je regarde la pendule du salon et samedi est déjà là depuis plus d'une heure. Nous ne parlons plus. Chacun pense. C'est Momo qui réagit :

— Demain il fera jour, comme on dit. Je ne vois pas comment, désormais, éviter de vous présenter aux autorités. J'imagine que les chefs d'accusation, dans ce contexte particulier et avec l'opinion publique derrière vous, seront « homicide involontaire » pour vous deux et « dissimulation de cadavre » pour les propriétaires des parcs concernés.

Je l'ignorais si pointu en droit. Il m'épatera toujours. Sur ces paroles d'évangile, les rangs se dispersent. Je retrouve Vanessa qui dort du sommeil des justes. Machinalement, je regarde mon smartphone pour en vérifier la charge. Un message de Buan, laissé à zéro heure dix-huit. Il ne dort jamais ce bougre. Je m'isole dans notre salle d'eau privative pour l'écouter sans réveiller ma compagne : « On a logé nos fuyards mais on est arrivés trop tard. Les oiseaux avaient quitté le nid. C'est une question d'heures maintenant. Appelez-moi demain matin. Même tôt si vous voulez. J'ai aussi l'autopsie. » Imaginez comme il m'est facile de trouver le sommeil.

J'ai dormi, mais je suis le premier dans la cuisine. Vaness', à qui j'ai relaté les dernières nouvelles, traîne encore au lit. Elle appréhende de se retrouver face à face avec les « tueurs » comme elle dit. Mon seul réconfort est d'imaginer la tête de Saint Antoine quand il va apprendre que, outre être homo, son demi-neveu est référencé au casier judiciaire. Encore un casier, me direz-vous. Je touille mon café sans sucre et bien vite Loïc me rejoint. Décalqué. Nous causons peu. Je lui fais écouter le message du commissaire. Désabusé, il ne sait que hausser les épaules. Il me prétend être résigné à ce que justice passe. Je le crois volontiers. Cette affaire nous a usés. Et il a réfléchi aux mots de Momo (les fameux mots de Momo !) qui l'ont aidé à retrouver une forme molle de sérénité. Les gamins arrivent avec le manchot, justement. Puis Chantal et, enfin, la plus belle : Vanessa. Elle tient à faire une déclaration que je trouve solennelle pour une cuisine qui sent le café matinal :

— Je vous préviens que je ne supporterai plus qu'on fasse obstacle au bon déroulement de l'enquête. Je ne veux pas être sanctionnée pour dissimulation d'informations et complicité de fuite.

Personne ne lui a rien demandé, mais tout le monde semble d'accord. Je propose d'appeler Buan.

Van' exige que je l'informe aussitôt. Je promets, j'appelle, ça décroche :

— Ah, j'attendais votre appel, mais pas si tôt. Je sais que dans l'privé, on démarre quand on se lève.

Il est de bonne humeur, c'est déjà ça. Je tente d'en placer une mais impossible.

— Bon, je vous résume : à la faveur d'écoutes, on a pu localiser quelques conversations discrètes, au moyen d'un téléphone prépayé, entre Martial de Goaskaradec et un correspondant anonyme. On s'y est tenus. Tout ça, c'était hier. En faisant le voisinage, il nous a été confirmé une activité inhabituelle dans une boutique vide et une Hyundai en parking permanent dans une rue de la vieille ville. Malheureusement, quand nous nous sommes présentés à l'adresse, les oiseaux venaient de s'envoler. Un voisin nous a raconté qu'on les avait ratés à dix minutes et nous a montré l'emplacement, vacant, où était stationnée la voiture. On a l'immat'. Il s'agit d'un véhicule de location. Ça nous confère un avantage sur les deux gars qui ne savent pas que nous avons l'info. Alors on va vite la retrouver, cette bagnole.

S'il savait que les « deux gars » écoutent ce qu'il raconte. Vanessa ne cache pas son malaise par rapport à ça. Mais, comme je vous l'ai dit, impossible d'en placer une. Un exalté, ce flic. Machinalement, on regarde par la fenêtre, et la Hyundai, garée juste en face du portail, nous saute aux yeux. Bah, inutile de la cacher maintenant que la décision est prise. Cela aggraverait le cas.

— L'autopsie est arrivée aussi hier soir. Tout est arrivé en même temps. Un peu de panique dans le landerneau. Surtout que l'équipe de Blafard venait juste de prendre la route pour Roissy. Nicole ne va plus tarder à atterrir. Bref, l'autopsie. Le gars est bien mort noyé en mer. Certainement là où on l'a repêché. Ou ailleurs, impossible à dire. Ce qui est intéressant, c'est qu'on l'a identifié et que c'est un type qu'on connaît bien, trop bien. Un bidouilleur qui s'illustre, avec son frère, dans diverses combines : vols à la tire, usages de cartes bancaires volées et, plus en rapport, vol de casiers sur Cancale. On les a interpellés l'année dernière à la même époque, mais, comme on a été trop rapides et qu'ils n'avaient pas eu le temps d'emporter leur larcin, la justice n'a rien pu retenir contre eux. On cherche activement le frère. On pense à une mésentente qui aurait mal tourné. Sinon pourquoi n'aurait-il rien dit et aurait-il disparu ?

Vanessa trépigne. Loïc, de plus en plus mal à l'aise, intervient :

— Venez, Buan, nous aussi on a du nouveau. On va vous raconter. Après vous ferez ce que vous avez à faire.

L'autre est surpris. Je le comprends, il pensait me parler en toute confidentialité.

— C'est qui... ?

— Le Goff ! Gwen et Jordy sont là, en face de moi. Venez, je vous dis.

Le commissaire raccroche. Je note au passage l'emploi de « Jordy » pour désigner le deuxième larron. Le père intègre la réalité. C'est au moins ça. Saint-Malo-Cancale, c'est normalement un bon quart d'heure pour un conducteur respectueux du Code de la route. Par la route directe, bien sûr. C'est moins de dix minutes pour un commissaire motivé. Nous n'avons eu que peu d'échanges qu'il déboule dans le décor avec trois bleus impassibles. Les bleus restent dans le vestibule pendant que leur patron serre des mains, toutes les mains. Je ne vais pas vous en faire une page pour vous raconter tout ce qui se dit. Vous êtes déjà informés et rien ne diffère de ce que vous avez lu. L'embarras est bilatéral, les barrières sont tombées. La loi se heurte de plein fouet aux us et coutumes de la région. Voler une huître apparaîtrait facilement plus répréhensible que de noyer le voleur. Une équipe de l'IJ arrive. La Hyundai est passée au peigne fin. Dans quel but ? La procédure m'échappe. Des automatismes inutiles, on a les coupables, des aveux et toutes les réponses à nos questions. Un gros boulot subsiste malgré tout, il va falloir déterminer les rôles et responsabilités de la moitié de la population des exploitants de parcs à huîtres. Courage, commissaire ! Buan s'isole pour appeler son équipe dirigée par Blafard. Il ne se cache pas et on entend la conversation. Nicole de Latouf née Auprêne a bien été interceptée et auditionnée. Ses propos confirment exactement ceux de Gwen. Rien de répréhensible à aider un ami dont on ignore qu'il vient de commettre l'irréparable, comme on dit dans les émissions de faits divers. Aucune confidence ne semble lui avoir été faite dans ce sens. Et Nicole n'est pas du genre à demander des explications à un copain qui lui réclame un coup de main. Le commissaire raccroche, nous regarde, l'air désolé, un peu l'air qu'on prend dans les enterrements quand on ne sait pas quelle tête faire. Sonnerie et il décroche. Le frère du noyé – je vous résume – vient d'être arrêté justement à Cancale. Il participait à une fête clandestine, hier soir, dans un squat du quai. L'organisateur et le couple d'animateurs ont également été interpellés. Buan raccroche en jurant :

— Putain, Josette !

Et moi, je pense : « Putain, René ! »

Ensuite les choses s'enchaînent. On se laisse porter. Nous ne maîtrisons rien. L'IJ quitte son os. Un véhicule de la police nous livre Josette et René et une sorte de clodo assorti, un second embarque le frère, menottes aux mains (ils n'y vont pas avec des gants, ici, pour ce qui semble pourtant n'être qu'une victime) pour le conduire au commissariat. Buan a de plus en plus le cul entre deux chaises : celle de son administration nationale et celle de son puissant atavisme local. Il écoute Josette qui n'a rien à déclarer sauf qu'elle se demande ce qu'elle fait là et vitupère contre les atteintes à la culture à la faveur d'une vulgarité qui se généralise dans les classes populaires qu'on veut maintenir en deçà du niveau de réflexion. Elle est bien placée pour dire ça, la militante ! Elle s'est changée et est en maillot de bain. Madame justifie en expliquant qu'on l'a abusivement et brutalement attrapée alors qu'elle allait se rafraîchir sur la plage. Elle, une artiste ! Buan renonce à entendre René qu'il pousse vers nous sans ménagement. On ne bouscule pas impunément René qui s'estime être un acteur important de l'opération. Il déclare, à qui veut l'écouter et pour sa défense, qu'il était en infiltration et que ce coup de filet vient d'annuler tous ses efforts. Lui aussi s'est changé. Il est en peignoir douteux et raconte qu'on ne lui a même pas laissé le temps de mettre son costume d'infiltrant. Sous le peignoir, rien ! Ou, en tout cas, rien de présentable. Il est pieds nus. L'organisateur n'est pas en état de répondre. La beuh était excellente à ce qu'il bredouille. Gwen, Jordan et Loïc sont également embarqués, en direction du commissariat. On reste avec la consigne de garder la maison. Buan nous assure que, pour Le Goff père, ça ne sera pas long puisqu'il n'a participé ni au lynchage maritime (c'est l'expression qu'il emploie) ni à la dissimulation active de la victime. La maison se vide. Comme nous. Chantal nous propose de descendre au Goéland pour le petit déjeuner. René lui fait remarquer sa tenue. Elle ne peut s'éviter de rire et part lui récupérer de quoi se changer dans les affaires du proprio. René, méconnaissable en notable, la remercie et nous quittons la demeure qu'elle ferme à clé.

Épilogue

Des bourriches et un bol

Nous roulons, plein est, direction Vitry. L'heure de la rentrée au bercail a sonné et René sera à la gare du Nord à l'heure prévue. Ce séjour nous a amoindris et il me laisse des relents d'inefficacité. La fleur au fusil n'est pas vraiment de la partie. Dans le coffre, outre nos bagages (ceux de René sont minimalistes si je mets à part sa culasse de Berliet), des caisses en polystyrène contenant des bourriches d'huîtres précoces offertes par Loïc. Une pour les Saint Antoine et les autres pour nous. J'ai renoncé à mon indemnité malgré son insistance. Nous avons vécu aux frais de la princesse, c'est bien suffisant. Il estime la mission accomplie et il me glisse d'autorité une enveloppe. Toujours ça. Tout est rentré dans l'ordre pour lui. Il n'a pas été retenu par la police et ne passera pas en justice. Personne d'autre que les deux jeunes n'y passera, c'est trop compliqué de décortiquer les responsabilités et actions des nombreux intervenants. Un peu comme un crime de gitans. Je rappelle, pour les lecteurs débutants, ce qu'est un crime de gitans : chacun porte un coup de couteau à la victime de manière à ce qu'on ne puisse attribuer celui qui a été mortel à aucun des participants à la sauterie meurtrière. Le frère du mort a été fermement convaincu, par le commissaire Buan, des risques qu'il courait en se portant partie civile. Il devrait justifier la raison de leur présence, en pleine nuit de marée basse, sur les parcs. Relâché, lui aussi, et bien heureux de l'être. Malgré toute ma morosité, l'ambiance dans la voiture est au beau fixe. Vaness' somnole à côté de moi et, derrière, les deux compères discutent.

— Je savais pas quoi ram'ner à Poulette…

— Des champignons, peut-être…

— Pourquoi ? C't'une spécialité d'là-bas ?

— Plutôt un risque.

— J'comprends rien à c'que tu me baratines. Et pis, c'est pas la saison. Non, j'ai voulu y acheter un bol breton mais y'avait pas son prénom. La vendeuse m'a expliqué que les prénoms qu'on demandait jamais, ils ne se fournissaient plus au magasin. Et que les prénoms qu'on demandait trop, ils étaient souvent en rupture. Vaut mieux avoir un blaze moyen pour ram'ner un souv'nir. Ou alors, fallait commander, mais j'avais plus l'temps. J'm'y suis pris hier soir.

Il farfouille dans le sac de sport offert par son hôtelier ravi de le voir déguerpir de son établissement. Je le regarde faire dans mon rétro que j'ai réglé pour surveiller mes potes plutôt que la route. Il sort un bol qui est très breton et le montre à Momo qui lit, étonné :

— Josette ?

— Ben oui, c'est Josette qui m'a donné le sien. Il est tout neuf et même pas ébréché. Et pis, qu'elle m'a dit : « Paulette, Josette, ça se finit pareil. Et comme ça tu penseras à moi quand tu la regarderas boire sa Ricoré. » J'dois r'connaître que c'est pas con.

La route est dégagée et l'avenir nous attend. Je serais tenté de rajouter « au tournant », mais l'autoroute est désespérément droite.

SAV

Résultats des courses

Quelques mois ont passé. L'affaire a été jugée hier. « Coups et blessures sans intention de donner la mort », il a été tenu compte des circonstances presque qualifiées de « légitime défense » et de la personnalité, pour le moins controversée, de la victime. Cinq ans de prison pour Gwen et Jordy, dont trois avec sursis. Les deux années ferme se feront sous bracelet électronique. Gwendal Le Goff ne pourra plus mettre les pieds dans l'eau (surtout de mer), mais Jordy pourra continuer à servir à L'Univers. La presse régionale parle de victoire de la justice. Les deux jugés s'y trouvent, en creux, presque qualifiés de héros. Tant qu'il y aura des huîtres…

FIN (E de Claire)

PS: Ah, au fait, Vaness' est bien passée au grade de capitaine pendant que nous étions à Cancale. Saint Antoine lui réservait la surprise pour son retour, mais son homologue malouin lui a grillé la politesse. Toujours un coup d'avance, ce Buan!

Inscrivez-vous gratuitement,
et sans aucun engagement de votre part,
à notre bulletin d'information
en nous retournant le coupon ci-contre.

Vous serez averti(e) des parutions en exclusivité,
pourrez bénéficier d'offres spéciales,
de cadeaux, etc.

Chaque nouvel inscrit recevra
une petite surprise…

Rejoignez-nous vite !

Et n'hésitez pas à proposer l'inscription
à vos parents et amis…

Je désire m'abonner gratuitement au bulletin
d'information des Éditions du Palémon :
je serai averti(e) des parutions des enquêtes
de Cicéron Angledroit et autres ouvrages, ainsi que de
l'actualité et des offres Palémon.

Nom ....

Prénom ....

Adresse ....

....

Code Postal .... Ville ....

Pour encore plus d'offres et d'infos,
indiquez votre adresse e-mail :

E-mail ....@....................

Bon à compléter ou à recopier
et à retourner par courrier à l'adresse suivante :

ÉDITIONS DU PALÉMON
ZI de Kernevez
11B rue Röntgen
29000 QUIMPER

Vos données sont collectées par les éditions du Palémon afin de vous inscrire à notre lettre d'information. Le recueil des données est facultatif et limité à ce qui est strictement nécessaire pour vous faire parvenir notre catalogue et/ou notre newsletter. Vous pouvez à tout moment accéder à vos données, les rectifier, demander leur suppression ou la limitation de leur traitement. En cas de question, vous pouvez nous contacter au 02 98 94 62 44 ou sur **contact@palemon.fr**.

CA17

❒ Je consens à l'utilisation de mes données

❒ Je souhaite m'inscrire à la newsletter

Retrouvez les ouvrages de Cicéron Angledroit
et tous les titres des Éditions du Palémon sur :

www.palemon.fr

ÉDITIONS DU PALÉMON
ZI de Kernevez - 11B rue Röntgen
29000 QUIMPER
02 98 94 62 44
Dépôt légal 4e trimestre 2022

ISBN : 978-2-37260-673-8

Achevé d'imprimer en octobre 2022
sur les presses de CPI Bussière
18200 Saint-Amand-Montrond
Numéro d'impression : 2067507
1er tirage

Imprimé en France